逆·商·培·养·童·话

米开朗基罗叔叔的
工作室

[韩] 金媢听/著　[韩] 洪祯善/绘　韩晓/译

U0331397

化学工业出版社
·北京·

本书中文简体字版由金英社授权化学工业出版社有限公司独家出版发行。未经许可，不得以任何方式复制或抄袭本书的任何部分，违者必究。
本版本仅限在中国内地（不包括中国台湾地区和香港、澳门特别行政区）销售，不得销往中国以外的其他地区。
北京市版权局著作权合同登记号：01-2021-4423

图书在版编目（CIP）数据

逆商培养童话. 米开朗基罗叔叔的工作室 ／（韩）金煆听著；（韩）洪祯善绘；韩晓译. ——北京：化学工业出版社，2021.10
　　ISBN 978-7-122-39559-7

　Ⅰ．①逆… Ⅱ．①金… ②洪… ③韩… Ⅲ．①儿童故事-图画故事-韩国-现代 Ⅳ．①I312.685

中国版本图书馆CIP数据核字(2021)第140312号

出 品 人：李岩松　　　　　　　责任编辑：笪许燕　汪元元
版权编辑：金美英　　　　　　　营销编辑：龚 娟　郑 芳
责任校对：王鹏飞　　　　　　　封面设计：刘丽华
版式设计：付卫强

出版发行：化学工业出版社(北京市东城区青年湖南街13号 邮政编码100011)
印　　装：凯德印刷（天津）有限公司
880mm×1230mm 1/32 印张5¼ 字数 88千字 2022年1月北京第1版第1次印刷

购书咨询：010-64518888　　　售后服务：010-64518899
网　　址：http://www.cip.com.cn
凡购买本书，如有缺损质量问题，本社销售中心负责调换。

定　　价：39.80元　　　　　　　　　　版权所有　违者必究

伸出友谊的双手吧

我住的小区里，有一间我偶尔造访的工作室。那家工作室没有招牌，里面有毛线织的或用布缝的玩偶、衣服，有些小朋友和他们的妈妈经常到这里来玩。

我就是在这家工作室里遇到了大卫。大卫的爸爸是韩国人，妈妈是菲律宾人。大卫的妈妈在菲律宾遇见了大卫的爸爸，便嫁到了韩国。她的韩语说得不太好。大卫平时和妈妈两个人一起生活，他们在小区里开了一间工作室。小区里的大人们，有时会教大卫说一些比较难的韩语，也让自己的孩子和大卫一起玩耍。现在大卫和小区的孩子们亲近了不少，大卫妈妈的韩语水平也有了很大提升。

米开朗基罗制作的雕像中

有一个"大卫"。"大卫"这个名字在韩语里有多种译法，但其实说的都是同一个名字。我开始写米开朗基罗的故事时，之前在工作室里碰到的大卫，就和米开朗基罗雕刻的"大卫"在我的脑海里相遇了。

米开朗基罗喜欢雕塑，他认为要像雕塑一样进行绘画。他不仅留下了很多雕像作品，还留下了很多绘画作品，西斯廷礼拜堂天花板和墙上的壁画就是米开朗基罗的杰作。他还设计过建筑、道路、衣服。如果他还活着，可能会接受新的挑战。虽然他一生只设计过一件衣服，但是如果他还活着，我想他说不定还会再设计别的衣服。

人无完人，这个故事里的大卫因为自己是混血儿而遭到大家嘲笑，但他从长相丑陋、也曾遭人嘲笑的米开朗基罗叔叔堂堂正正的样子中获得了力量。希望有更多的孩子能够像米开朗基罗叔叔一样，对身边像大卫这样不擅长交朋友的孩子，伸出善良的援手。

金锻听

目 录

长得丑的大卫和米开朗基罗叔叔

虽然长得丑，但我自己喜欢

大卫·贝克双手背在后面，紧握着拳头。他不想让任何人看到他的拳头。每天，他总有好几次想挥舞拳头，可每每这时，他总会想起妈妈。妈妈曾告诉他绝不能打架。妈妈只有这句话说得不紧不慢，且吐字清晰，跟别的话说得不太一样。妈妈是个美女，当年爸爸去菲律宾出差时遇到了妈妈，对妈妈一见钟情并结了婚。

大卫黑黑的皮肤、大大的眼睛像极了妈妈，但一头卷发却像极了爸爸。大卫从没听爸爸妈妈夸过自己长得帅，爸爸说他可爱，妈妈说他还不错。当然，在妈妈的眼里，什么都还不错，美味的东西、漂亮的东西都不错。她也懂得对长得帅的人说帅。她明明会说这句话，却从没有把这句话用在大卫身上，所以大卫总觉得自己长得很丑。

每当大卫经过，柳正宇都会乱说一通。

"你妈妈是菲律宾人？不可能，你妈妈应该是非洲人吧？"

尹志浩捅了一下柳正宇的腰，让他别说了，但正宇却丝毫不理会，依旧瞪着一双大眼，瞅着大卫。正宇比大卫高出一头，是掰手腕大王。即使和六年级的哥哥们掰手腕，他也总是赢，在学校里谁也不敢对他放肆。所以，只要正宇瞪一眼大卫，大卫就会不自觉地低下头。无论是力气还是成绩，大卫没有一样能比得过正宇。

学校的功课很难，特别是语文和社会，很多内容大卫根本听不懂。问妈妈也是白问，虽然妈妈很努力地向大卫解释，但她不是说菲律宾语，就是说英语，大卫完全听不懂。类似的情况反复过几次，大卫就不再向妈妈请教有关学习的问题了。大卫的爸爸经常出差，每次给爸爸打电话，爸爸总是说一会儿再打，就

先挂掉电话，但从来都不回电话。大卫有时就会向同学请教，但常被同学取笑，说怎么连这个都不知道。

大卫听不懂的话越来越多，开始讨厌上学，讨厌爸爸妈妈。他们为什么要生下自己！一想到这些，他就攥紧拳头。

正宇并没发现大卫有攥拳头的习惯，甚至变本加厉地奚落大卫。有时候说大卫的卷发像在生拉面上扣了酱料，有时候又说他长得黑，都不用涂防晒霜。没有一个人出面阻止正宇，其他同学对正宇的话也都是笑笑而已。但在老师面前，正宇绝不欺负大卫。正宇好像和大卫有仇似的。

有一天，入学时就跟大卫同桌的朴素贤嘟囔道，昨天奶奶带了味道奇怪的酱曲来，熏得她一晚上都没睡好。正宇听了这话，一脸嘲讽地说酱曲长得跟素贤很像，都是丑八怪。素贤气得眼泪汪汪。素贤圆圆的脸上戴着一副圆圆的眼镜，笑起来很可爱，她总是扎着头发，要是把头发编起辫子盘成一团，也许更适合她。素贤是唯一一个跟大卫说话的朋友，大卫听不懂韩语手足无措的时候，只有素贤会亲切地教他。大卫讨厌正宇嘲笑素贤。

"够了，柳正宇！"大卫不再沉默。

听到这话，正宇愣了一下，然后扑哧一声笑了。

"大卫，你知道什么是酱曲吗？"

"知道。"

"是什么？"

大卫哑口无言，其实他不知道什么酱曲。就算不知道，他也感觉酱曲长得不好看，又是奶奶拿来的，应该是一种老旧的东西。大卫的奶奶偶尔也会拿来一些奇怪的东西。奶奶希望妈妈像真正的韩国人一样生活，所以常给妈妈带来各种各样韩国的东西。大卫想起里面最丑的那个，就是照着丑陋的面孔做成的面具，奶奶说那叫假面，奶奶把假面戴到妈妈脸上，咯咯笑着。那个假面散发出一股难闻的味道，妈妈也不知该怎么办才好，大卫觉得自己也被捉弄了。长得丑，又老旧，大卫觉得素贤奶奶拿来折磨素贤的东西，肯定就是假面。

"和素贤一点也不像。"

"那你说是什么？"

"不是说戴了酱曲，就表示长得丑。"

"戴酱曲？酱曲怎么戴？"

正宇执拗地问道。大卫就像戴假面一样，把手放在自己脸上比画着。正宇突然哈哈大笑起来。不仅是正宇，尹志浩、申文彬、赵艺珠也都哈哈大笑起来。

"酱曲难道是假面吗？哎哟，素贤的丑脸上要一直散发酱曲的味道喽！你妈妈连这个都没教你吗？"

素贤趴在桌子上呜呜地哭起来。过了一会儿，老师走进教室，问素贤为什么哭。正宇说大卫捉弄了素贤，所以整堂语文课，大卫都一直站在教室后面。大卫觉得很委屈，罚站的时候，他就一直在想酱曲到底是什么。发生了这样的事情，说明酱曲不是假面。那酱曲是什么呢？为什么会让素贤如此讨厌？为什么正宇会嘲笑素贤和酱曲长得像？是像平常一样去问素贤，还是去问老师？大卫很是苦恼。素贤还在哭，班主任似乎也忘了大卫还在教室后面站着，一直忙着讲课。

班里朝夕相处的同学好像也都忘记了大卫的存在，大卫感觉孤独又凄凉，比以往更加用力地攥紧

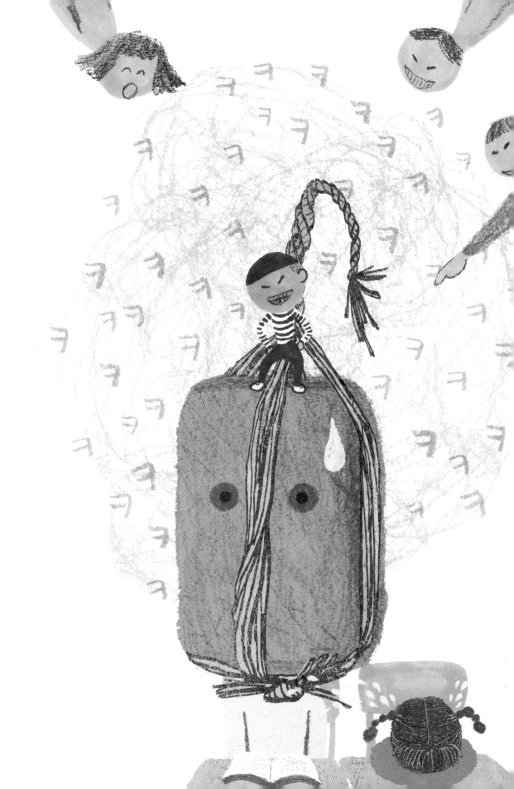

了拳头。

语文课终于结束了。

回到座位的大卫准备下一堂课。老师出去后没一会儿，正宇就得意扬扬地走过来，把两只手的大拇指放在脸上，剩下的八根手指头晃悠着。

"哎哎哎，大贝大贝说他不知道，不知道，他不知道什么是酱曲，不知道什么是酱曲……"

正宇连大卫的名字都不好好说，尹志浩也跟着起哄。

"哎哎哎，大贝说他不知道，不知道，他不知道什么是酱曲，不知道什么是酱曲。"

申文彬和赵艺珠又哈哈笑起来，素贤紧盯着大卫。

"我没想到连你都会嘲笑我。"

"不是这样的……"

"算了，你这个丑八怪。"

大卫深深地低下头，他经常听别人说自己长得丑，连他自己也这样认为。但比起这句话，让素贤伤心这件事情，更让大卫难过。素贤是班里唯一和大卫说话的朋友，她笑起来眼睛就像细细的月牙一样漂亮。大卫想对素贤说她不丑，很可爱。大卫想对素贤说，她比上课时画的玩偶、比她笔筒里挂着的小玩偶、比她书包上挂着的玩偶钥匙环都要可爱一百倍、一千倍，但他却张不开嘴巴。

班里的同学只要看见大卫就会嘲笑他。正宇和志浩咧嘴笑着，嘴里还在小声说着"大贝说他不知道，不知道"。看嘴形就知道他们在说什么，大卫的心情糟透了。但比这更让人受不了的是素贤。素贤不跟大卫说话了，看到大卫时也是一副很恼火的样子。大卫的铅笔滚到素贤的手边，她像发神经似的把笔拨弄开；大卫的胳膊不小心碰到她，她就使劲甩甩自己的胳膊。大卫垂头丧气。

放学了。正宇和志浩说要去踢足球，就先跑出去了，素贤也像一阵冷风似的，"嗖"地离开了座位。

大卫慢慢走出教室，没有人跟他搭话，班里31个孩子都把他当成透明人。老师笑着挥手和孩子们告别。她好像跟每一个孩子都打了招呼，除了大卫。

匆匆而过的同学碰到大卫也不道歉，他不得不把滑下来的书包又往上背了背，依旧紧握双拳。

从学校回家，要沿着一条大路直走，然后右拐，大多数孩子回家都走这条路。要是换作平时，大卫说不定就和其他孩子一起回家了，但今天他不想和有说有笑的孩子们一起走。大卫悄悄地溜进旁边的小胡同，这个小胡同又连着别的小胡同，弯弯曲曲的小胡同像极了大卫的心情。比起宽敞的大路，走别人都不注意的小路，让此刻的大卫更舒服一些。在没有人影的胡同里，大卫很想朝墙上打一拳，他使劲挥舞着拳头，缓解自己郁闷的心情。

走到第二个胡同的时候，大卫看到一家之前没见过的小商店。

大卫透过小小的玻璃橱窗往里看，里面的摆设尽收眼底，巴掌大小的玩偶整整齐齐地摆在架子上。这里的玩偶很多，有冰雪公主、长手长脚的女人、肚皮圆鼓鼓的小娃娃、戴眼镜的小朋友、背着书包的小狗、毛毛虫等。门口支着一块小黑板，上面写着：

欢迎光临。请来喝一杯凉爽的水，或一杯温热的茶。小朋友，大欢迎！
——米开朗基罗叔叔的工作室

一直紧皱眉头的大卫脸上终于露出了笑容。在学校只有大卫用英文名字，可是这里竟然也有人用英文名字——米开朗基罗。

大卫的目光又回到玩偶上来，里面的玩偶没有完全一模一样的，看起来都像是亲手制作的，表情鲜活可爱。大卫平日里总是畏畏缩缩，这时也不敢贸然开门进去。突然，架子一角放着的一个玩偶吸引了大卫的目光，那个玩偶有金黄色的头发、圆圆的眼睛，是一个披着蓝色斗篷的小王子，它好像在招呼大卫进去。来自别的星球的小王子是大卫最喜欢的书里的主人公，大卫觉得自己好像也来自其他星球。即使在同一个学校，每天一起吃饭、学习，同学们还是把大卫当作透明人或外星人，此刻看到小王子，他倍感亲切。

大卫推开门，"叮当叮当！"门上挂着的铃铛响

了起来。

"进来吧！"

一位老爷爷同他打着招呼，这是位肤色白皙的外国人，塌鼻梁，眼珠有些发黄，头发卷曲，其中有一半是白的，长得可真丑！

大卫扑哧一下笑了，他原本以为白人都长得很帅呢！到目前为止，大卫在电影里看到的白人都很帅，英语老师也很帅，他可是第一次见到这么丑的白人。

"哎呀，别犹豫了，进来吧！"

大卫还是有些犹豫，虽然黑板上写着谁都可以进，但他现在好像一点也不想进到这个陌生的地方了。

"怎么了，因为我长得丑就不想进来吗？"

"嗯。"

说完这句话，大卫大吃一惊，赶紧用手捂住嘴巴，老爷爷哈哈大笑，把手搭到大卫的肩膀上，自嘲地说：

"我也知道，但是已经长成这样了，也不能再长一遍。虽然长得丑，但我自己喜欢。"

大卫又扑哧一下笑了。这个老爷爷长得奇怪，说话

也奇怪，却不令人讨厌，因为
他没有把大卫当透明人。

　　大卫紧攥着的拳头慢
慢松开了。他跟着老爷爷
走进商店，叮当叮当的声音
在耳边回荡。

小王子玩偶
准确表达内心

　　店里有很多稀罕东西。天花板被分成许多三角形的区域，每个区域里面都画着各种各样奇奇怪怪的人，有在洪水中往高处爬的人，有乘船的人，有往树上爬的人，有看书的人，还有蛇，数不清的图画布满了店铺的天花板。

　　天花板上的画，一直延伸到墙上：像正宇一样爱摇晃身体的男人伸着双臂，好像在教训谁。下面聚着一群想上天的人，位于中间的那个人脸部表情非常痛苦，像是要从墙里钻出来似的。画中的人物活灵活现。

门的正对面有一个架子，上面整整齐齐地摆放着各种玩偶，看起来惟妙惟肖，有些玩偶只有巴掌大小。

桌子上有台缝纫机，缝纫机旁边的衣架上挂着几件衣服，旁边地板上立着一群雕像。有的雕像打磨光滑，有的做工粗糙，还有的好像还没有完工，只是半成品，种类众多。它们都很小，高度还不到大卫的膝盖。

"这个太帅了！"

这时，老爷爷又哈哈笑了起来。

"帅吗？现在我的作品还有很多不足之处。"

"真的很帅气！"

"不。我的作品本来应该准确表达我内心的想法，但现在还没完成到那个程度，还有很多不足。"

大卫歪着头，他感觉店里所有的雕像都栩栩如生，那些还没雕刻完的也都惟妙惟肖，都是生动、充满力量而且很有律动感的雕像，比在美术馆看到的雕像好看多了，这样的雕像不仅称得上帅气，应该说是非常出色了。但老爷爷竟然说还有很多不足，可以看出他是个很谦虚的人。

"可是，爷爷……"

"爷爷？谁，我吗？"

爷爷跳了起来，把手拢成扇子状往脸上扇风，好像有些不知所措。

"怎么叫我爷爷！我看上去有那么老吗？"说着，爷爷的脸似乎变红了。

"那叫您叔叔？"

"叔叔也不行，我还没结婚呢，叫我哥哥吧！"

"什么？哥哥？你看起来和我奶奶一样大。"

"不！叫我哥哥。"

"黑板上不是也写着叔叔吗！"

在大卫的眼里，单看外表的话就应该叫这人爷爷，他看起来比爸爸妈妈年龄大多了，几乎和奶奶差不多。

"你这小子，我看你无精打采的，就和你开了个玩笑。就叫我叔叔吧！"

"好吧，叔叔。"

"嗯，这就对了！你这个小家伙，长得这么帅

气，叫什么名字呀？"

大卫转头四处看看，店里只有大叔和大卫两个人，大卫用手指指自己，大叔点了点头。

"我叫大卫·贝克。"

"很高兴见到你，大卫。"

米开朗基罗叔叔伸出手，大卫和他握了握手，他的手又大又粗糙，应该做过很多事情，是一双勤劳的手，和生活在菲律宾的外公的手很像。大卫只见过外公一次。大卫只会说几句菲律宾问候语，而外公只会说菲律宾语。所以，大卫和外公语言不通，外公只能用抚摸、拥抱这样的肢体动作和大卫交流。做农活的外公的手粗糙、朴实，但是很温暖，叔叔的手也这样。

"要喝点什么吗？你现在还不能喝咖啡，热可可怎么样？或者橙汁？"

大卫喜欢热可可，但是从不在外面喝。有一次打扫完教室，老师给他冲了一杯热可可，结果被正宇挖苦了一通，从那之后，大卫只在家里喝热可可，但在这里，好像可以放心地喝。

"我要喝热可可。"

"等一下，我马上就给你冲一杯。"

店中间有一张大桌子，几把椅子。大卫坐在椅子上看着那些玩偶，十多个玩偶的表情各不相同，有笑的、皱眉的、淘气的，它们也都看着大卫。大卫又转过身去看装饰柜里的玩偶，他看到一个头上围着头巾的玩偶单腿跪在那里，它的膝盖上还躺着一个男人。还有一个不莱梅乐队玩偶，驴子上面有狗，狗上面有羊，羊上面有雄鸡。在这么多的玩偶中，大卫总是一眼就能看到小王子，它从一开始就吸引了大卫的目光，现在也让大卫心动。

"来，喝吧！"

米开朗基罗叔叔递给他一个白色的马克杯，杯子里飘散着热可可的香气。大叔坐到大卫对面，也端着马克杯，他的杯子里也冒出可可的香气。

"这里是做什么的？"

"这里？这是我的工作室，这里什么都做，所有想做的东西都可以做。"

大卫听得似懂非懂，什么东西都可以做，听起来还不错，但还是不知道这里到底是干什么的。这里有缝纫机，像是做衣服的地方，那满墙壁的绘画，又像是画画的地方，再看架子，又像是卖玩偶的地方。不过，工作室里的东西都有一个特征，那就是没有商标。大卫第一次看到没有商标的东西。文具店里卖的东西都有条形码，超市里卖的东西也有，像萝卜或菠菜这类很难贴商标的东西，外包装袋上也会贴着商标和条形码。

"所以这里到底是做什么的呢？"

叔叔见大卫瞪着圆眼睛，一脸疑惑的表情，说道：

"这里可以画画，写字，

雕刻，制作玩偶。"

"您是说这里不卖东西，而是制作东西的地方？"

这就更让人难以理解了。大卫知道的店铺都是卖东西的，要是不卖东西，那就是像钢琴补习班、数学补习班之类按照讲课时间收费的地方。

"我这里也卖玩偶，不过大部分玩偶都是在这里制作的，我只收材料费。"

"哦，那就是卖材料喽？"

"也卖材料，但不是主要目的，来这里的人可以一起聊天，一起做手工，什么都可以做。"

大卫一边咕嘟咕嘟地喝着可可，一边仔细端详架子上的玩偶，本来以为它们只是装饰品或商品，没想到它们都是叔叔做出来的，大卫顿时觉得很神奇。

大卫喝可可的时候，叔叔在用碎布头缝布片，他一边哼着歌，一边手指动个不停，这么大块头的人专心致志地对付一块小布片，真是很搞笑。

大卫咯咯地笑着，叔叔也不予理睬，只专注自己的针线活。他把两块剪成圆形的布缝了一大半，然后把布翻过来，缝好的布看起来像个零钱包，他又在两块布片的夹缝里塞进软绵绵的棉花，塞了棉花的布鼓鼓囊囊的，变成了玩偶的头的样子，再把它与旁边的身体缝在一起，原来的一堆布和棉花不一会儿就变成了一个新的玩偶，简直像变魔术一样。

"哇！这些玩偶真的是叔叔做的呀？"

"是啊，你现在才相信吗？现在的孩子啊，都是只有亲眼看到才会相信，否则无论我说什么，都认为是撒谎，不对，是另一个词……"

"是吹牛吗？"

"对，吹牛。"

大卫继续笑着，叔叔长得是个不折不扣的外国人，但语气却完全跟韩国人一样。

"叔叔您是哪个国家的人？"

"我是意大利人。我的母亲和父亲都是意大利人，大卫你呢？"

"我生在韩国，妈妈是菲律宾人，爸爸是韩国人。"

叔叔点点头。

"之前和我一起工作的朋友们也是这样，一个朋友的母亲是德国人，父亲是土耳其人。一个朋友的父亲是英国人，母亲是阿拉伯人。总之他们父母的国籍不同，所以他们是混血儿。我觉得和那些朋友一起工作很有意思，因为他们动不动就会聊一些其他国家的事情。我真羡慕他们。有时候我都因为自己的父母全是意大利人而感到很委屈。"

大卫之前一直希望自己的爸爸妈妈都是韩国人，这样，他的长相就不会那么奇怪，也能听懂周边人说的话，和他们打成一片，有更多的朋友了。所以，当听到叔叔说希望自己的父母国籍不同时，大卫觉得很稀奇，他可从来没有过那样的想法。

"叔叔什么时候来的韩国啊？"

"11年前。"

"哇！那我们差不多，我也十多岁了。"

叔叔摸了摸大卫的头，真是奇怪，大卫一点也没有不舒服的感觉。以前大卫只能接受爸爸妈妈摸过自己的头，讨厌奶奶摸自己的头。因为奶奶每次摸大卫头的时候都会说："要是头不长成这样，至少看起来还不错。"但米开朗基罗叔叔却如此亲切，如此温柔。虽然老师和妈妈总教育大卫要小心陌生人，不过这位叔叔看起来不错，看他做玩具的样子，好像怀有孩童般的心，他对大卫的肤色、头发一点儿也不感到吃惊，这一点尤其让大卫觉得满意。

"您在这里生活了十多年，对韩国很熟悉了吧？"

"算是吧，你想问什么就问吧。"

忽然，大卫脑海里冒出一个问题。

"酱曲是什么？"

"酱曲？酱曲，酱曲，酱曲……做大酱的东西？"

大卫张大了嘴巴。

"用酱曲做大酱吗？"

"是的，豆子煮完晾干之后，让它生霉菌，把霉菌洗净后再腌制大酱，之前我也做过。"

"天哪！我竟然把做大酱的酱曲当成假面，难怪素贤会发脾气。她确实应该生气。我应该去道歉。"大卫心里懊恼极了，但又想不出道歉的好方法。他把十根手指伸进卷卷的头发里，紧紧地按在头上。

"怎么问到酱曲了呢？"

叔叔问道。

大卫犹豫了一下，要不要和叔叔说呢？平时，妈妈不太听得懂大卫的话，每次无论他说什么，只要听不懂妈妈就回答"好"，然后就笑。看通知或检查作业时也只说好。大卫说自己有多伤心时，妈妈还说好，说朋友们戏弄自己时，妈妈也是说好。所以大卫伤心难过的时候都没法跟妈妈诉说自己的心事。

大卫无法向妈妈倾诉的烦恼越来越多，而爸爸根本没时间听他的话，这些问题一直折磨着大卫。

"为什么问酱曲呢？"

叔叔又问道。

大卫低着头，手里握着的可可杯现在还是温热的。叔叔温和的问话，让大卫心动了。

大卫将今天发生的事一股脑儿告诉了米开朗基罗叔叔，越说越伤心，眼泪在眼眶里直打转。等说完了，大卫感觉郁闷的内心一下子释然了。

"天哪，你很伤心吧？你该问问酱曲是什

么的。"

"即使问了他们也不会告诉我。"

"所有的同学都那样吗？"

"如果问素贤的话，她应该会告诉我，那样我就不会说出在素贤的脸上'戴酱曲'的话，也不会被罚站，素贤也不会不搭理我了。"大卫抚摸着杯子，"但当时，我不好意思承认自己不懂酱曲是什么意思，我怕被他们嘲笑。"

"大卫，你要大胆表达你的内心，一直憋在心里会生病的。"

大卫看着自己的手掌，叔叔说得对，大卫不怎么会表达自己内心的想法。即使伤心难过，心情不好也忍着。他总是忍了又忍，害怕流露出感情，更怕被人嘲笑。但忍耐也是有限度的，他也想说出来为什么伤心，为什么心情不好，为什么生气。但那些情绪都没有得到及时的处理，所以他总是攥紧拳头。现在他很少有不攥拳头回家的时候。

大卫再次抚摸着空了的杯子。

"那种时候呀，做个玩偶心情就舒畅了。"

"我也可以做吗？"

"当然，你想做什么？"

大卫走到架子旁边，拿起小王子玩偶。那只玩偶

只有巴掌大，卷卷的头发就像大卫一样，不过颜色是不一样的。

"你为什么喜欢那个玩偶？"

"它来自其他星球，又去过很多别的星球。"

"所以呢？"

"因为我有时候也想那样。"

米开朗基罗叔叔若有所思地看了看玩偶，又看了看大卫，大卫手里紧紧地攥着小王子玩偶。

"我想把这个玩偶做得大一点。"

"可以，想做多大呢？"

"大到可以抱住就好了。"

"那要花很多材料费。"

"多少钱？"

大卫有些忐忑，他真想拥有一个小王子玩偶。每次想哭的时候能抱抱它；妈妈和爸爸不听大卫说话的时候，可以和它说话，正宇捉弄自己的时候，可以把攥得紧紧的拳头给它看，也可以把玩偶搂在怀里安慰自己。

"那要多少钱呢？"

大卫的声音颤抖着。他一拿到零花钱就买了点心。一开始，他一周只需要两袋点心。但是越不开心，需要的点心就越多。每每想起别人嘲笑自己的情景，他就咔哧咔哧地嚼点心，吃点心的时候很幸福，这样一来就没剩下多少零花钱了。

"你有多少？"

大卫翻了翻口袋，把零钱一点一点地掏出来，全加起来也才五六块钱，连十块都不到，真是郁闷。

"我本来想着30块钱让你做一个，因为你长得帅，再加上你妈妈是外国人，让我想起了我的朋友，所以给你打点儿折，那么你手里这些钱就够了。"

一个玩偶30块已经够便宜的了。在娃娃机上夹娃娃时，要夹起一个六七块钱的娃娃，差不多需要付出六七十块的本钱，还不一定能夹起一个呢。就连手机挂坠上的玩偶也都要六七块钱呢，可是现在制作一个可以抱着睡觉的玩偶，却只要五六块钱，听起来跟做梦似的。尤其，叔叔又说自己长得帅，大卫可是第一次听到这样的称赞。

"真的用这些钱就可以做玩偶吗？"

"当然，不过，我有一个
条件。"

　　大卫的两只拳头咚地放在桌
子上。

　　"什么条件？"

　　"因为是打折让你制作
的，所以不管是衣服还是头
发，都只能用边角布料。正常
的话，其实应该收一两百的，没关系吧？"

　　不管是边角布料，还是其他什么都没关系。一想
到能自己制作大大的小王子玩偶，大卫就兴奋地用力
点了点头。

　　"从明天开始，你每天都来这里，做一会儿玩
偶再走，好吗？"

　　"好！"

　　看起来像爷爷的米开朗基罗，这会儿看起来像叔
叔了！虽然是长得丑的叔叔，却是能让大卫敞开心扉
的人。大卫一想到自己可以亲手制作小王子玩偶，走
进工作室之前沉重的心情一下子变得轻快起来。

讨厌妈妈
没有爱就到不了天堂

　　早晨，大卫和妈妈吵架了。当他看到还贴在冰箱上的告家长书时，吓了一跳，需要妈妈填写和签字的地方都还空着。爸爸出差一周了，这次一定要妈妈签字。妈妈正戴着橡胶手套悠然地洗着碗，大卫急得直跺脚。

　　"哎呀，真是的，今天就要交了。"

　　"什么，今天？"

　　"我不是让你在这上面签字吗？为什么没签呢？"

　　妈妈瞥了一眼告家长书又接着洗碗，大卫急得不得了，取下纸拿到妈妈眼前晃了晃，可妈妈却不以为然地说：

"请你读给我听吧。"

大卫一听更着急了：

"您到现在都还没看呀！"

妈妈仍然泰然自若地洗着碗，这不是她第一次不看告家长书了。妈妈的不重视，导致大卫也感觉告家长书不重要。但其他同学可不一样，他们会和家长一起认真讨论告家长书的内容，遇到有不理解的词语，他们的家长会耐心解释。

"好多字我都不认识，读不懂。"

大卫听了妈妈的话，简直绝望了。自己不认识、不理解也就算了，妈妈怎么能这样呢？

"妈妈，这次的告家长书不难呀，我都能读懂。"

"还是太难了。"

在大卫识字之前，妈妈曾经在告家长书上签过字，不过当时确实出了问题。老师指着妈妈签字的地方说："这里应该签大卫的名字。"一年级放暑假之前，妈妈也签过一份告家长书，不过直到期末结业典礼那天，大卫才知道妈妈签字的那张纸是牛奶申请书。大卫背着一书包牛奶，哼哧哼哧地回到家，质问妈妈为什么要申请牛奶，妈妈只是微笑。大卫识字之后，就会把告家长书或通知书读给妈妈听，妈妈听过之后再签字。如果出现不认识的字，大卫就跳过去，所以很多时候意思都理解错了，到目前为止一直这样。

今天不知道是不是因为酱曲出丑的事情，大卫的火气特别大。别人的妈妈都会读告家长书，也会告诉他们的孩子酱曲是什么，但大卫的妈妈却不会。

"妈妈，你也学点韩语吧，像别人的妈妈一样，可以看通知书，还可以帮忙检查作业，您为什么啥都不为我做？"

妈妈停下手里的活儿，手里握着的一个盘子也掉进了洗碗池，碰到了其他盘子，发出"哐"的声音。

"大卫，你帮我读吧。"

"直接签字吧。"

"你读给我听，不知道内容的话不能签。"

"您就签吧，我要迟到了！"

大卫冲妈妈大声嚷嚷，妈妈默默流下了眼泪，大卫假装没看见，把笔和纸猛地推到妈妈面前，妈妈仍然坚持自己的意见。

"请你读给我听！"

"您就直接签吧！"

"请你读给我听！"

母子之间总是这样。妈妈不知道大卫在学校里的时光是怎么度过的，开家长会的时候，妈妈和其他家长也不交流。除了偶尔去市场买菜，其他时间妈妈都待在家里。大卫在学校不说话，妈妈在家里也只看电视不说话，大卫不喜欢这样的妈妈。

"我讨厌妈妈。"

大卫哐的一声关上门。

老师让没交告家长书的人举手，大卫和柳正宇、朴素贤三个人举起了手。老师没有追问原因，只是说：

"明天一定要带来，知道了吗？"

正宇和素贤先回答"是"，大卫回答得慢了一拍。一大早就和妈妈吵了一架，大卫很不开心。大卫知道，如果自己不给妈妈读，妈妈肯定不会签，她很固执。当初遇见爸爸，决定和一个外国人结婚的时候也是这样，虽然外公外婆极力反对，但妈妈就是固执己见。

"又没带告家长书吗？"

正宇又开始找碴了。

"……"

"你妈妈是不是连笔都没拿过呀？看来菲律宾连铅笔都没有吧？"

平时，每当正宇捉弄大卫时，大卫都忍着。他牢记妈妈的嘱托，攥紧拳头消气，可是今天他再也无法忍受了。

"菲律宾当然有铅笔啦，我妈妈是太忙了，才没签字。"

"做什么这么忙？啊，看来是菲律宾宣传大使吧！"

大卫猛地站起来，拳头攥得更紧了。虽然大卫讨厌妈妈，但他决不能忍受别人侮辱她。这时，素贤站了出来。

"喂！柳正宇，你说话客气点！大卫都说他妈妈因为忙没有签字了，你为什么还挑事儿？再说你不是也没拿告家长书吗！"

"我那是忘了才没拿，他不是说他妈妈忙吗，不一样。"

"哪里不一样？反正都没拿。"

正宇两只胳膊交叉着放在胸前，吹起口哨。

"你是他同桌，当然会帮他说话啦！你不是也没交吗？"

素贤粗鲁地把书朝正宇扔过去。

"无论如何你别挑事儿，吵得我都没法看书了。"

"知道了，知道了，呵呵。"

正宇坏笑着回到座位上，大卫仍然猫着腰站着，拳头放在桌子上。素贤也不看

大卫，继续看着自己的书。

那天大卫在教室里没有说话，所有的事情都是因为妈妈而起，没交告家长书、被朋友嘲弄、素贤不和自己说话，这些都是因为妈妈。

放学后，大卫来到叔叔的工作室。门铃响了，大卫走进工作室，米开朗基罗叔叔和一个小朋友坐在那里，那是一个矮矮的、眼神机灵的小孩子。

"哦，我们大卫来了。"

叔叔跟大卫打了个招呼，小朋友也向他挥手示意。小朋友的手指上沾满了蜡笔的痕迹。

"你们认识一下吧，这是边河俊。河俊啊，这个哥哥是大卫·贝克。"

"你好，哥哥，哥哥也和基罗叔叔一起画画吗？"

叔叔听到基罗叔叔这个称呼忍不住笑了，大卫也扑哧笑了。米开朗基罗这个又长又难念的名字，被小朋友改得像果冻一样柔软。

"哈哈哈，基罗叔叔！大卫，你

也可以这样叫我。"

大卫笑着坐在了河俊旁边。河俊在素描本上画了一个女人，她有着长长的头发、大大的眼睛，身体瘦削。

"这是谁？"

"是我妈妈，她就快下班了。"

河俊又在妈妈旁边画了公交车和站牌，河俊的妈妈站得离公交车很近，有一个男人抓着河俊的手。大卫指着画里的男人，又指指米开朗基罗叔叔。

"没错，这小子要小性子，也不去幼儿园，非要跟着妈妈去上班，我就把他带来了。他妈妈下班后会来接他的，我们河俊什么时候想去幼儿园了再去，是不是啊？"

"我讨厌幼儿园，基罗叔叔这里更好玩。"

"天哪！真的吗？那叔叔的工作室要再早一点儿开门了。不对，妈妈十一点上班，六点下班，河俊十点开始和叔叔待在一起就好了，是吧？"

河俊没有回答，而是竖起了大拇指，接着给自己的画涂色。听说妈妈以前在菲律宾也上班，不过大卫从没见过妈妈上班的样子。现在妈妈总是待在家里，偶尔一家人外出的时候，谁要是和他们搭一句话，妈妈就会像猫咪一样躲到爸爸旁边。爸爸总是自豪地说是因为妈妈漂亮而和她结了婚，但现在的妈妈好像和爸爸说的那个人判若两人。大卫很好奇，来韩国之前的妈妈到底是什么样子的。

米开朗基罗叔叔把布片和画好的纸样递给大卫，让他把两块布片对齐之后剪开，剪得要比纸样稍微大一点。大卫把纸样放到布片上，沿着厚纸边沿在布上画了一条粗线。接着用别针固定住两块布片，沿着粗线小心翼翼地剪着布料。他在线外留了一圈一厘米左右的余边，剪出来的布又圆又整齐。

"多留出来的部分叫作折边，跟我学。"

"折边。"

大卫就像小宝宝学说话一样，慢慢地跟着学。

"这是玩偶的身体部分，除了这里，把其他部分都缝起来。"

大叔一边说着，一边用圆珠笔在布上做出身体的标记，标记的两个地方间距大约两个手指的宽度。

"这叫窗洞，缝完之后要从这里翻过来，往里面放棉花。"

大卫开始缝制玩偶的身体。线总是缠到一起，针脚七扭八歪。缝着缝着，固定布片的别针掉了。大卫不得不停下手里的针线活儿，钻到桌子底下找别针，可是他怎么都找不到。米开朗基罗叔叔不慌不忙地递给大卫一块磁铁，好像早料到会派上用场似的。长长的磁铁扫过地面，"嗒"的一声，别针被吸到了磁铁上。叔叔还帮大卫解开缠在一起的线头，把缝得歪歪扭扭的针脚重新排列整齐。和叔叔在一起，大卫好像忘记了一切，他此刻唯一想到的就是安安心心地做出玩偶。

米开朗基罗叔叔看了看河俊画的画。

"河俊画得真好！告诉你们一个秘

诀，画动态的人物时，我们先要弄清楚肌肉是怎么运动的。"

"肌肉是什么？"

"就是位于骨头与皮下脂肪之间的组织，看，这就是肌肉。"

叔叔挽起袖子，露出充满力量的臂膀，随着臂膀摆动，肌肉完美凸起。

"哇，站着的时候肌肉也会动吗？"

"当然，有肌肉的支撑才能稳稳地站立，坐着也一样。你看大卫哥哥，他做针线活儿的时候只有手腕在动，胳膊却一动不动，这就是手部的肌肉在认真工作。经过这样的观察，再去画画会更有意思。"

大卫听了这话，开始观察墙壁和
天花板上的画。画中的人物神态
各异，坐着、躺着、站着，
都很生动，他们的肌肉线条
突出又流畅，而且不一样，

大卫感到很惊讶，他以前从没关注过肌肉。

河俊盯着窗外来往的行人看了很久，又认真地看了一会儿做针线活的大卫，然后慢慢地画起画来。画中的妈妈膝盖弯曲，虽然只是静静地站着，但看起来好像马上就要上车了，旁边的河俊似乎想紧跟着妈妈，身体微微向妈妈倾斜。米开朗基罗叔叔一手牵着河俊，一手抚摸着河俊的头，叔叔的手腕和弯下的胳膊让人印象深刻。这幅画比河俊刚开始画的那幅生动多了。

大卫只顾着看画，针脚歪了都不知道。叔叔接过大卫的布片。突然，河俊剧烈地咳嗽起来。

"咳咳……"

米开朗基罗叔叔正在拆布片上缝歪的线，听到声音赶紧放下布片，轻轻拍着河俊的背，拍了好久声音才停下。

"河俊，要喝果汁吗？"

河俊使劲点点头，叔叔从冰箱拿出果汁，给河俊、大卫和自己都倒了一杯。河俊咕咚咕咚就喝完了，叔叔又给他倒了一杯。过了一会儿，河俊从座位上站了起来，说要上厕所。于是叔叔拿起挂在门上的钥匙，牵着河浚的小手走了出去。不一会儿河俊面带着微笑回来了。

"叔叔就像我的妈妈。"河浚情不自禁地说。

大卫听到这句话扑哧一声笑了。

"谢谢，我小时候妈妈不在，是乳母照顾我，现在我就相当于你们的乳母。"

"乳母"是个陌生的词语，听到不熟悉的词语时，大卫就会不由自主地紧张。如果这个词只有大卫不认识，那大家知道后肯定会嘲笑他。世界上像"酱曲"这样的词太多了，同学们会像算命先生一样，马上发现大卫的秘密。大卫紧张起来，叔叔好像有所察觉，微微一笑。

"妈妈早早去世，乳母把我养大，我和乳母住的地方有很多石匠，石匠就是凿石头做雕塑的工人。我的乳母不仅给了我奶水，还把对石头的感觉遗传给了我。我从小就喜欢凿石头和打磨石头的声音。"

叔叔眼眶湿润了，没想到，大人在谈起妈妈时也会流泪。

"哎呀，这是我的故事，我是想说我照顾你们，

就像之前我的乳母照顾我
一样。乳母很用心，在我说出
自己的需求之前，乳母就已经给我
换好了尿布，喂完了奶，所以我没有
因为妈妈不在而感到孤单。"

叔叔一边说一边织东西。他还时
不时地停下手里的活儿，过去
看看大卫有没有遇到什么
问题，还会夸一夸河俊的
画，就像有好几双眼睛
在看着两个孩子。

大卫想起早晨

自己和妈妈

吵架的情景。妈妈努力

准备大卫想吃的食物，尽管

不能全部听懂大卫的话，她也用

微笑回应，听大卫发牢骚、发脾气的时候，会给他一

个大大的拥抱。假如大卫没有妈妈会怎样呢？也许会

比现在更艰难，大卫觉得幸好自己有妈妈。这是他第

一次有这样的想法。

　　大卫默默地缝着，他并不了解妈妈，他对妈妈和爸

爸如何从相恋到结婚，再从遥远的菲律宾来

到韩国的过程一无所知。菲律宾的外公认

为妈妈很聪明，他一直引以为豪。外公家

里挂着妈妈戴着四角形的帽子拍的照片，说那是妈妈大学毕业的时候拍的。就连妈妈大学毕业去公司上班这件事情，大卫都是从别人口中得知的。妈妈不怎么说自己的事情。大卫和妈妈之间好像有一堵厚厚的墙，使他们不能很好地倾听对方。在墙的这边，大卫孤独寂寞，在墙的那边，妈妈好像在独自哭泣。

"大卫，你很有做针线活的天赋呀！"

叔叔夸奖大卫，这真是大卫好久以来第一次听到的夸奖。

"叔叔您为什么来这里？不是可以一直在意大利生活吗？"

大卫曾经也想问妈妈这个问题，明明在菲律宾生活得很快乐，为什么要来到这个人生地不熟的地方生下他？语言不通，生活起来多不方便呀！

"我对那里太熟悉了，我不喜欢，想挑战新的事情。"

"什么样的事情？"

"现在我正在尝试很多事情，我也说不清楚，雕塑和绘画我都已经尝试了不少了，但其他的事情我还不太有信心。我喜欢织毛线、做玩偶，但好像也还没到喜欢到心怦怦跳的地步。"

大卫的脑海中突然冒出一个问题：妈妈喜欢做什么？妈妈小时候喜欢什么，长大了想做什么，大卫一次也没有问过。对于大卫来说，妈妈只是妈妈，一想到妈妈也有自己想做的事情，大卫心里就更加不安了。

一直留意观察大卫的叔叔安静地说道：

"心里不舒服的话，针线活也会做得歪歪扭扭。无论做什么，有爱才会成功，没有爱就会很艰难。"

大卫不说话，只是一直默默地缝着。

大卫把线打了个结，按照叔叔说的方法剪出折边。叔叔说翻过来时如果想有圆形的模样，折边的每个地方就都要仔细修剪。果然如此。把布翻过来，恰好是圆形。这样玩偶的身体就完成了，塞进棉花后，它像枕头一样鼓鼓的，大小正合适。如果把它抱在怀里，心里一定会暖融融的。大卫想快点完成这个玩偶。

不能乱用武力
雕像是放松才能完成的

大卫在食堂值日盛饭的时候，志浩咯咯地笑起来。

"呀，今天你的脸色和饭菜很搭，简直太搭了！"

今天的饭是黑米饭，他在嘲笑大卫的肤色和黑乎乎的黑米饭一样。站在志浩后面的正宇，越过志浩的肩膀看了一眼饭锅。正宇也咯咯地笑着。

"有什么搭不搭的？要是巧克力饭还好。哎，真是让人没胃口。给我盛一点。"

听了正宇说的话，大卫的饭勺掉进了锅里，他攥

紧了拳头。志浩和正宇让大卫快点盛饭，大卫却一动也不动。站在后面的同学一直抱怨今天盛饭的速度太慢了。大卫听不见，耳朵里只剩下自己和黑米饭很搭、和巧克力饭更搭这些话。他的拳头渐渐充满力量，脸涨得通红。

如果把紧攥着的拳头藏在后面，这事儿可能也就这么过去了。但不是所有的事情都能天遂人愿。妈妈做面包的时候，会用湿布盖住面团，等再揉面时，面团就会胀大，那表示发酵成功了。现在大卫的状态就像是发酵的面团，身体里面的气体咕嘟咕嘟地膨胀开了，好像轻轻一碰就要爆炸。

同样也是当天值日的文彬替大卫盛饭菜，端着餐盘的素贤也过来帮忙。

"大卫，你生气了？"

文彬悄悄地问。

"他们那样也不是一两天了，就算了吧。"

素贤劝他。但大卫不回答。素贤和文彬与妈妈没有什么不同，他们都让大卫继续忍着。妈妈说拳头藏在后面就能忍住怒气。妈妈错了！再怎么隐藏也忍不住，怒气只会随着时间的流逝越积越多。正宇捉弄大卫越厉害，大卫的拳头就越有力气，他心中的怒火就烧得越旺。

大卫盛饭时就已经涨红的脸，和正宇目光相遇后，变得更红了。他因为紧握着拳头，所以肩膀很疼，头也钻心地疼。大卫希望马上放学，想马上去工作室找叔叔聊天，想一边喝着热可可一边缝玩偶。

终于下课了。

"今天负责打扫卫生的值日生是大卫·贝克、柳正宇、朴素贤、申文彬，记住了吧？"

大卫感到眼前好像一片空白。但值日是规定，应该遵守。素贤和文彬扫地时，大卫朝走廊走去，他不想见正宇。大卫在走廊用拖把拖地的时候，从对面滑过来一只拖把，是正宇的。

"你也负责走廊？"

大卫不说话，拿着拖把走进教室，正宇也跟了进去。大卫打扫前面，正宇就走到前面紧挨着他，大卫打扫后面，正宇就走到后面紧挨着他。

　　"柳正宇！不要总是跟着大卫，打扫一下角落。"

　　素贤一说话，正宇啪的一下扔掉拖把。

　　"什么我跟着他，明明是我做什么他就做什么。"

　　"我看就是你跟着大卫，不要这样，你去倒垃圾吧，柳正宇。"

　　文彬嘟囔道。

　　"为什么让我倒？"

　　"难道要我倒吗？上次也是我倒的。"

　　"所以这次你就不想倒了？"

　　"每次打扫卫生你都偷懒，要扫完地才能拖地，现在我们还没扫地你就拖，简直是捣乱，你先去倒垃圾。"

　　"不！"

　　文彬和正宇吵架的声音越来越大，大卫一手拿着拖把，另一只手提着垃圾桶。大卫把拖把靠在卫生间的门口，去一楼倒垃圾，接着去卫生间把拖把洗得干

干净净，倒着放好。

　　文彬噘着嘴收拾书包，素贤安慰着文彬。不知道正宇去哪儿了。大卫没有理睬同学们，独自走出了教室。他在校门口远远看见正宇，他正低头踢着一只装在鞋套里的拖鞋。大卫假装没看见，打算径直走过去。

　　"素贤向着你，你开心了吧？"

　　正宇又开始挑事儿。

　　"……"

　　大卫攥紧拳头低着头，走得飞快，正宇还是追了上来。

"为什么素贤喜欢你？
我不是更好吗？"

大卫快步走着。

"就像你爸爸花钱买你妈妈一样，你是不是也给素贤买了什么？"

大卫停下了脚步，举起那只快要爆炸的拳头，猛地朝正宇挥去，正宇赶紧向后一躲。

"哎呀！"

大卫的拳头再次挥向正宇。

"你这小子，越来越过分了！"

正宇抓住大卫的衣领，两个人你一拳我一脚打了起来。后来，正宇先松开了手。

"今天就到这里，下次我不会放过你的。"

这也是大卫想说的话。但大卫比正宇力气小，打起架来，非常不讨巧。正宇除了脸有点儿红之外，其他一切如常。大卫却被拽掉了头发，扯破了衣角，衣襟也裂开了，样子狼狈不堪。他用手背擦掉嘴唇渗出的血，略微整理了一下，心想：不能就这样回家。

于是，他迈着沉重的脚步走向工作室。

米开朗基罗叔叔做着针线活，时不时抬头看着窗外，他远远看见大卫，立刻停下了手中的活儿。

"伤得很严重吗？快坐下。"

大卫走进工作室，叔叔向大卫指了指自己旁边的位置。大卫弯着腰吃力地坐下，挨打的胸部发麻，呼吸不畅。叔叔拿出药箱，给大卫裂开的嘴角和瘀血的脸颊抹上药。大卫像玩偶一样一动不动，这是他第一次打架，本以为打一架，满腔的怒火就会平息，可是打完了还是火冒三丈。

"把上衣也脱下来吧。"

叔叔给大卫拿了一件白色衬衫。大卫边换衣服，边看着叔叔，只见他到处翻箱子找边角布。

缝纫机哒哒哒哒转个不停，大卫衣服撕破的地方被缝上了一颗红色的星星，看起来很帅气，还特别自然，好像衣服原本就是这样设计的。大卫重新换上衬衫，抚摸着那颗新缝上的星星，突然感觉自己好像成了像星星一样发光的人。大卫从未像星星一样发过光，他刚出生时就很黑，几乎吓到奶奶和爸爸。他长了头发之后显得更黑了，连妈妈都吓了一跳。去幼儿园之后，其他小朋友都很怕他，大卫只待了一周就离开了。在游乐园也是一个人玩，在学校也是。爸爸经常出差，大卫不喜欢看到语言不通的妈妈。

"大卫，你不能乱用武力。"

叔叔没有问他和谁打架，也没有问为什么打架，就直接说了这句话，大卫觉得很委屈。

"是同学先捉弄了我，还不止一次，他一直捉弄我。这次我真的忍不了了，因为他还嘲笑我的爸爸妈妈。"

大卫鼻子里透出一股热气。

"打架是坏人做的事情，你应该用文明的方式消除怒气，而不是动用武力。"

叔叔牵着大卫的手向雕像走去，叔叔蹲下，大卫也跟着蹲下。

雕像里的男人平躺在一个女人的膝盖上。和大卫第一天在工作室看见的玩偶很像，但这个更加精致。女人的头上裹着布，男人的胯部也裹着一块布，遮挡了部分身体。女人皮肤光滑、柔软，身上穿的衣服和头上裹的布像要掉下来一样，起了褶皱。男人平躺着，闭着眼睛，弯曲的头发和用作内衣的布，让人不禁联想起某个人。

"这个男人是谁呀？"

"这是耶稣。"

"那这个女人就是玛利亚？"

叔叔点了点头，没有说话。

母亲把死去的儿子放到膝盖上，安详的面孔朝向大卫。

"做这个雕像的时候很是辛苦，很多人质疑我能做出什么，甚至在雕像完成后，也没人相信那是我做的。如果我不能忍受别人的质疑乱发脾气的话，雕像可能早碎了。"

大卫抚摸着雕像，它那么柔软、光滑，与旁边粗糙的雕像完全不同。

大卫只要来到工作室，就感觉心里舒服、愉快。不过，也有不舒服的时候，现在就是这样。叔叔现在说的话，大卫都是左耳进右耳出。他不想再忍了，只要是捉弄过自己的人，他就不想放过。

"讨厌，讨厌，为什么只让我忍？我做错了什么？我也不想生来就这样。"

"大卫，雕像是在消除怒气、心平气和的状态下才能制作出来的，你自己也是，只有放松才能找到自我。"

"哪有这样的道理！"

大卫使劲挥动拳头，不仅想和正宇，他还想和全世界斗争：嘲笑他的世界，说他像外国人而孤立他的世界，问他是不是在非洲出生的世界。他讨厌这样的世界。

架子上摆放整齐的玩偶哗啦啦掉下来。大卫继续挥舞着拳头，第一排的玩偶掉了下来，随着架子的晃动，下面几排的玩偶也跟着掉了下来。掉在地上的玩偶东倒西歪，大卫依旧紧紧攥着拳头。

这时，河俊正好开门进来，他
看看掉在地上的玩偶，又看看大卫，
惊讶地张大了嘴巴，嘴里的棒棒糖啪地掉到了地上。

叔叔伤心地问道：

"这就是你的内心吗？"

大卫这时才意识到自己的内心到底
有多乱，并且领悟到尽情爆发之后，内

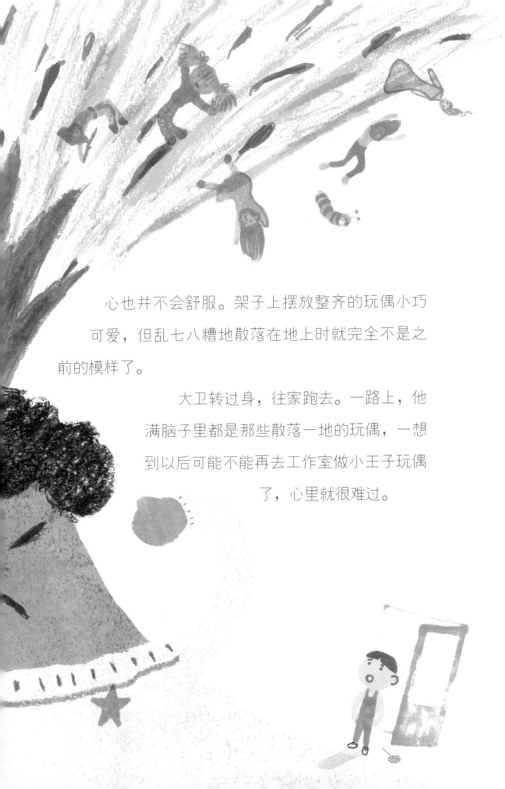

心也并不会舒服。架子上摆放整齐的玩偶小巧可爱，但乱七八糟地散落在地上时就完全不是之前的模样了。

大卫转过身，往家跑去。一路上，他满脑子里都是那些散落一地的玩偶，一想到以后可能不能再去工作室做小王子玩偶了，心里就很难过。

我的身体里藏着宝贝？
取出身体里隐藏的宝贝

妈妈看到大卫受伤的嘴唇，好像有些吃惊，但只是轻拍了一下他的肩膀，什么都没有问。倒是看到衬衫上的红色星星时，妈妈眼睛一亮，连说"好看"。妈妈的神情，还不如直接问"在哪里受的伤，和谁打架了"让大卫觉得更舒服。这句"好看"，就像之前告诉大卫要把拳头藏起来一样，都是想让大卫把伤心和埋怨隐藏起来。

第二天，老师问大卫的脸怎么了。

"碰的。"

"真的？"

老师马上又问正宇。

"我，我是从床上掉下来了。"

正宇用手遮住淤青的脸，直勾勾地看着大卫，大卫假装看不见，转移了视线。

"你们两个没有说谎吧？这么巧，两个人的脸都受伤了，是不是你们两个人打架来着？还是……"

"没有。"

"没有。"

老师还没说完，两个人都异口同声地回答起来，素贤忍不住笑出了声。

大卫放学后马上回家了。一想到工作室，他的眼前就浮现出掉在地上的玩偶。和正宇打的架、让自己消除怒气的米开朗基罗叔叔、挥动的拳头、吃惊的河俊和掉到地上的棒棒糖，各种场面混在一起又散开，大卫感到气愤的同时，又觉得非常丢脸。

无论妈妈说什么，就算是夸奖他，大卫也不吱声。打游戏也提不起精神，也不想写作业。妈妈轻叹了一口气，去市场买了满满一篮子东西。

"好吃，大卫一定喜欢。"妈妈一边忙活一边奇怪地自语着。

厨房里响起来一阵哗哗啦啦、叮叮当当、噼里啪啦的声音。不一会儿，就飘出了阵阵香味，刺激着大卫的鼻腔。

妈妈做了大卫最喜欢吃的菲律宾醋烹肉，跟蒸猪排骨差不多。肉软软的，稍微有点儿咸，只要有一碗醋烹肉，大卫就可以吃两碗饭。但今天大卫没什么胃口，连这道自己最喜欢的菜也不怎么想吃。

"吃吧，不好吃吗？"

"好吃。"

"大卫，那你多吃点。"

妈妈在菲律宾出生、长大，这一点是无法改变的事实。妈妈喜欢吃和擅长做的都是菲律宾美食，她虽然也做韩餐，但不如菲律宾食物做得好吃。

大卫把妈妈夹给他的猪肉块盖到米饭上。确实很好吃。不知怎么的，大卫突然想起米开朗基罗叔叔。叔叔夸大卫长得好看，给他修改缝歪的针脚，给他冲热可可。

小王子玩偶到现在也还没有完工。大卫掏出所有

的零钱说要做小王子，但只做好了身体部分。大卫想给它戴上卷卷的金发，给它缝上胳膊和腿，给它穿衣服。大卫感觉好像失去了一位朋友，每当感到痛苦和疲惫时，可以拥抱、可以聊天的朋友。如果做好小王子玩偶，自己就不会那么孤单了。大卫想去工作室，但又觉得没脸去见叔叔。他想去工作室的欲望越强烈，就越是迈不开脚。在放学回家的路上，大卫一次又一次想拐进工作室，却总在最后一刻失去勇气。他时常梦见自己抱着小王子睡觉，从睡梦中醒来时就会伤心不已。

就这样过了一周。

这段时间正宇也没有再找大卫的碴儿，相反，他还时常偷看大卫的脸色。大卫裂开的嘴唇渐渐愈合了，正宇的脸也消肿了，叔叔说的不要用武力而要用文明的方式消除怒气的话好像是对的。想到这里，大卫鼓起勇气，向工作室走去。

来到工作室门口，大卫有些犹豫，有些忐忑。他感觉见到叔叔可能会觉得尴尬，对散落一地的玩偶也感到抱歉。透过窗户，大卫看到了自己做的玩偶的身体，它手里还拿着一个盾牌。

"哼哼，太难过了，我的头发、衣服，请快给我粘上。"玩偶似乎在召唤着大卫。

大卫笑了。虽然这个玩偶还不完整，也算不上好看，但也是自己缝出来的。此时，大卫透过工作室的窗户看见了叔叔，叔叔正冲他笑着，示意他进去。大卫假装拗不过，走进工作室。

大卫一动不动地站在那里尴尬地干咳，叔叔让大卫坐在自己

身旁。

"最近过得好吗？"

叔叔一边跟大卫搭话，一边"咔嚓咔嚓"地剪着一块桌子大小的布，这是块混杂着各种颜色的布，花花绿绿的。

"您在做什么呢？做玩偶衣服的话，看起来有点儿大呀？"

"我在做真人穿的衣服。"

"这里还做真人穿的衣服吗？"

"是啊！我之前做过很多雕塑，也盖过房子，但只做过一次真人穿的衣服，要看看吗？"

叔叔将衣架上挂着的一套衣服拿了过来，那是一套带斗篷的衣服，南

瓜条纹的短裤非常抢眼。

"这是男人的衣服，还是女人的衣服？"

"男人的衣服。"

大卫哈哈大笑起来。

"哈哈哈，像行走的南瓜，哈哈哈哈。"

"别笑，这是多么著名的设计啊，可别小看它。"

"可是实在太搞笑了啊！您说这么搞笑的衣服很有名？不可能吧？"

"为什么不可能？不知道有多少男人排队想穿这件衣服呢！"

"这件衣服怎么穿呀？"

"现在也有人穿呢，有机会的话，你可以去意大利看看。罗马有个梵蒂冈城，那里的宫殿守卫就穿着这种衣服。"

米开朗基罗叔叔真挚地回答着，可大卫笑得更大声了。一想到雄伟的宫殿前，站着一群穿着南瓜短裤、披着斗篷的男人，他就笑得停不下来。

"那些男人会驾着灰姑娘坐的南瓜马车吗？"

"也有可能。"

"什么？那就是说那些男人实际上是老鼠了？"

"老鼠？"

"灰姑娘坐的南瓜马车是老鼠在驾驶呀！"

大卫很熟悉灰姑娘的故事，妈妈用英语给大卫讲过灰姑娘的故事。他还想起自己用韩语读灰姑娘的故事的情景。妈妈用英语讲的时候，故事听起来那么生动，大卫用韩语读时却觉得很一般。有趣的故事变得无聊，从那之后，大卫就经常向妈妈发火。后来，妈妈就不再给大卫讲故事了，妈妈和大卫之间讲过的故事就只有灰姑娘。

上学后，大卫才知道自己几乎不知道什么故事。同学们都从妈妈或奶奶那里听了很多故事，但大卫除了灰姑娘之外，什么都不知道。妈妈一定也知道很多故事，但妈妈听过的故事很少出版成书。要是有对应的图画书该多好啊！对着图画，即使妈妈用英语讲，大卫用韩语来理解，也会方便得多。书能将妈妈和大卫联系在一起。大卫好奇妈妈还知道哪些故事，同学们聊的《小豆鼠红豆鼠》《长瘤子的老头》《耍花招的狐狸》《半个人》之类韩国的传统故事妈妈知道吗？菲律宾有没有自己的传统故事呢？

"我曾经是有名的设计师。虽然只设计过一套衣服，但人们看到之后，都趋之若鹜。"

"啊，知道了！就算是吧！"

"什么叫就算是，是真的！"

大卫一直笑，他很久没有笑得这么开心、这么大声了。虽然被全世界认可的衣服只有这么一套，但叔叔却说自己是知名设计师，叔叔和那身衣服都让大卫觉得搞笑。

叔叔递给一直笑的大卫一块布和一张纸样。

"好，现在要缝腿了。腿有两条，这个你是知道的。"

"我当然知道，但我不要给它穿南瓜裤子。"

"你自己看着办吧。"

大卫沿着纸样剪，可能缝身体的时候已经锻炼得比较熟练了，所以缝腿就容易多了。他沿着线一针一针不歪不斜地缝着。他集中精神努力缝着，什么不舒服、难受的想法，通通随着针线慢慢变得模糊了。

"现在消气了吗？"

"嗯，那个……"

叔叔用别针固定住剪好的布，盯着大卫，他蓝蓝的瞳孔好像看穿了大卫的内心。

"大卫，你的心里有个很大的宝贝，要把这个宝贝取出来需要靠你自己。"

"什么意思？"

"你现在还不知道那个宝贝是什么吗？"

"我没有什么宝贝。我像巧克力一样黑，像非洲人一样头发卷卷的，我长得不好看。"

叔叔站起来，走到放雕像的地方，拿起其中一个。那个雕像的高度还不到大卫的膝盖。叔叔把雕像放在桌子上，雕像的腿像抱着耶稣的玛利亚的腿一样光滑、柔软。还不甚光滑的手臂像要从石头里挣脱出来似的，举着沉重的石块。但这个雕像却缺少最重要的东西。

"它的脸在哪里？"

"啊，我正在苦恼怎样取出它的脸。"

"取出脸？不是雕刻出来的吗？"

"大理石里面应该已经有脸的轮廓了，我想好好地将它取出来。别的部分都已经取出来了，只有脸不容易，所以才一直推迟。"

大卫听不太懂叔叔说的话。假如大卫要打磨石头做雕像的话，他应该先把握整体的样貌，一点点打磨，直到它具备光滑的形态。但大叔却先完成了腿部，只有腿是完整的，其他部位都不完整。不用雕刻的方法，而是取出石头里面的脸，这种说法很新颖。大卫很好奇大叔至今也没有取出的脸是什么样的。

"大叔，难道那个雕像的脸是宝贝吗？"

"对，宝贝已经在大理石里面了。取出的方式不同，它可能变成宝贝，也可能就是一件平凡的物品。"

大卫原以为雕像是雕塑家按照预想的样子，用凿子和锤子制作而成的，或者是按照事先在纸上画好的形状，认真去掉不需要的部分就行了。大卫第一次了解到，就像叔叔一样，有些雕塑家为了取出石头里的宝贝，会不停地思考、揣摩。

大卫想知道自己会以什么样子出现在什么样的石头里面。说不定连一条腿都还没有出来，还困在石头里面呢，也说不准已经不知不觉地露出了两条腿，但胸口和脸庞还在石头里挣扎着呢。大卫盯着未完成的雕像，看了许久。

"叔叔，我也有宝贝吗？"

"当然，所有人都有宝贝，但也有许多人并没有把宝贝取出来。"

大卫想知道自己的宝贝是什么。

"要怎么才能找到呢？"

"要自己找，别人无法告诉你答案。在做自己想认真做、开心做的事情的过程中，就会感觉到有宝贝在闪烁。我做雕像的时候找到了一个宝贝，建筑、绘画的时候也分别找到一个。但好像我还有很多宝贝，所以就一直在找。"

叔叔的话越来越难理解。但有一句话吸引了大卫，那就是无论做什么，只要开心地去做，就可以找到宝贝。大卫没有开心的事情。无论在家，还是在学校，他都很郁闷。他不喜欢上课，更不喜欢和同学们在一起。因为他讨厌被嘲笑，所以活得像个透明人。渐渐地，令人高兴的事情不断减少。从现在开始，大卫想换个活法。

大卫终于完成了小王子的腿部。他把棉花紧紧地塞进去，再把腿和身体连到一起。鼓鼓的身体和腿连好后，玩偶看起来像是那么回事儿了。大卫想快点把胳膊缝上。

"好，今天就到这里，明天再缝胳膊吧！"

"我还想再做一会儿。到闭店的时间了吗？"

"我要去学其他东西，必须得走了，对不起。"

大卫把针插到针线包上。他觉得比起做作业、打扫、学习，做针线活时他更开心、更快乐。可是，做针线活好像也不是自己的宝贝。"我的宝贝到底是什么呢？"回家的路上大卫一直在想这个问题。

妈妈，我爱你
堂堂正正面对自己的处境

　　河俊和一个陌生的小女孩在一起玩，那个女孩儿和河俊在一个幼儿园，叫洪秀敏。河俊自从认识秀敏后，就开始喜欢去幼儿园了。不过，妈妈回来之前，他还是要待在工作室。秀敏知道河俊在工作室，偶尔也会跟过去一起玩。河俊画画，秀敏也跟着一起画，河俊拿着玩偶玩，秀敏也跟着一起玩。大卫一脸羡慕地看着河俊。

　　"你不是还有我这个哥哥吗！"

　　米开朗基罗叔叔拍拍大卫的后背。

　　"叫哥哥的话，您实在是太老了！"

"老！我还没结婚呢。"

"您怎么这样啊，叔叔？我今天心情不错，别开玩笑了！不然再叫您爷爷？"

"这小子，快缝胳膊。还要学做脑袋、缝头发，要做的事情多着呢！"

大卫一到工作室就感觉很舒服，河俊就像弟弟一样，叔叔也在，没有什么值得攥拳头的事情，真好。

胳膊比腿长一点儿，但制作方法是一样的。也要留下开口，缝好之后用棉花把胳膊塞得鼓鼓的，然后再缝到身上，最后再缝上脑袋。现在，大卫的针线活儿已经很熟练了，缝脑袋也不在话下。虽然玩偶看起来还是很一般，不过整体的样子已经出来了。

"还不错吧？现在开始做头发吧。"

叔叔拿来黄色的毛线，架子上的小王子就是黄色卷发，那是叔叔做的。大卫想做一个不一样的小王子，可以代替自己去别的星球，倾听自己说话，成为自己的朋友。

"我不要黄色，我要做黑色的头发。"

叔叔轻快地吹起口哨。

"好，你自己做的玩偶，颜色你自己选。我很满意。"

"什么？"

"这小子，我是说我对你的做法满意。你和别人不一样，我感到很满意；棉花塞得满满的也满意，认真照看河俊也满意。"

河俊插话道：

"不是大卫哥哥照顾我，是基罗叔叔照顾我，基罗叔叔是我的乳妈。"

"河俊，不是乳妈，是乳母。"

"不，就是我的乳妈！"

"那我不叫你'同生'（韩语中的弟弟），叫你'同兴'（与韩语弟弟的发音类似的单词）吧，你开心吗？话要好好说！"

大卫忍着笑，对河俊说：

"河俊，乳母，你说说看。"

"乳母？太难了！"

"'母'就是妈妈的意思。"

"妈妈？那'乳'是什么意思？"

"那个我也不知道。"

叔叔插话道:

"如果在韩国生活十多年的话,就连汉字也能了解一些啦!'乳'就是'乳汁'的意思。我妈妈去世后,乳母代替妈妈,用乳汁把我养大。在韩语中,乳母就是'奶妈',大概就是这么个意思。"

河俊听了,鼓起了掌。秀敏也竖起了大拇指。两个人你一言我一语,说着"米开朗基罗叔叔和大卫都很聪明"之类的话。大卫只是说了认识的为数不多的几个汉字中的一个,但这对于不认识汉字的河俊来说,却显示了巨大的威力。

"大卫哥哥很认真地照顾我了！"

秀敏也伸出手，意思是让大卫也好好照顾自己。大卫有些不知所措，感到很难为情。不过，他想起了这段时间叔叔照顾自己的情形。

"要喝热可可吗？"

"好！"

"嗯！"

秀敏和河俊接连回答。

叔叔虽然嘴里嘟囔着说大

卫未经自己允许就给孩子们冲热可可，但当大卫说也要给叔叔冲一杯时，叔叔就咧嘴微笑起来。

大卫开始缝头发了。他先把几股黑色的毛线捻成一股，粘到头发上，然后再缝上，他不断地重复着这些动作。虽然有些无聊，但一点点地缝着缝着，不知不觉小王子的脑袋上已经填满了一半头发。在旁边观看的叔叔把手放到大卫的肩膀上，由衷地赞叹：

"我们大卫做针线活很有天赋啊！"

"真的吗？"

"叔叔还能骗你吗？你手指灵巧，这样的手艺可能一百年都不会出现一个呢？"

秀敏插话道：

"爷爷，我呢？我的绘画手艺呢？"

叔叔假装发怒了：

"秀敏，不是爷爷！叫我哥哥，哥哥！"

秀敏撇了撇嘴。

"哼！我妈妈说不能随便叫别人哥哥，据说那样会让男人产生错觉。而且大卫哥哥和河俊都叫你叔叔，我为什么要叫哥哥？不像话。"

叔叔张大嘴巴，笑得都露出后槽牙了。河俊和大卫也跟着笑起来，秀敏自己也笑嘻嘻的。工作室里充满欢笑。

"想讨好我们秀敏，看来得给她做件衣服了！你喜欢什么衣服呢？"

"我喜欢背带裤，滑滑梯的时候也不会掉下来，就是去厕所，有点儿不方便。"

"哦，原来你喜欢既不掉下来又方便的裤子啊！那秀敏你在这里画一画，我给你做个玩偶。"

"真的会给我做玩偶吗？"

叔叔点了点头，递给秀敏白布和笔，说会按照她画的样子做玩偶。要做能换衣服的玩偶，本来需要单独交钱，但大叔特别喜欢秀敏，就准备送给她。河俊也跟着伸出手。

"怎么了？"

"你不是也特别喜欢我吗？"

"什么？"

"嗯，我也，我也……"

"知道了，知道了，给！"

河俊笑嘻嘻地接过布和笔。

"好好画，缝好之后大卫哥哥帮你们填棉花。布块比较小，可以做成挂在书包上的装饰玩偶。什么玩偶都行，可以画龙，也可以画蜥蜴、天使、大象、恐龙、兔子、小狗，什么都可以。"

大卫看着河俊和秀敏努力思考的样子，又陷入沉思。一开始，大卫是被架子上的小王子吸引了，就想做那个玩偶。现在小王子很快就要做好了。不过，这个玩偶是根据叔叔给的纸样，沿着画好的线缝出来的。虽然第一次做要照着样子做。但如果只是这样的话，这就等同于是叔叔做的玩偶了，只不过个头大一些、头发颜色不一样而已。大卫想拥有像河俊、秀敏那样的，通过自己思考，设计、制作出来的玩偶。即便身体一样，但那是自己制作的，真正属于自己的玩偶。

"哇哦，大卫已经完成了玩偶的身体，那从现在开始做衣服吧！"

叔叔把自己做的小王子玩偶模型放到大卫面前。

"我的玩偶，我自己做衣服吧！"

"当然。"

"那我可以自己设计服装款式吗？"

叔叔惊喜地看着大卫，拍手说道：

"哎呀，大卫开始有自己的想法了，可喜可贺！"

"什么意思啊？我经常在思考呀！"

"我说错什么了吗？"

"叔叔，您说我开始自己思考了，好像我以前都不动脑子似的。"

"哦，你误会了，我是说你有了不一样的想法，有了想取出自己内心宝贝的想法。你想给小王子换头发颜色的时候，我就感觉到了，像你一样想把小王子做得与众不同的人并不多。大部分人都想照着这里现有的玩偶做，让他做其他的就觉得头疼，但'其他的'真的让人头疼吗？"

大卫咽了下口水。这几天，他一直在想自己的宝贝到底是什么，原来就是勇敢地做自己想做的事。到目前为止，大卫一直活在别人的期待中，他按照妈妈的期待，忍住了怒气，在教室里像透明人一样活着。这使得大卫觉得自己就像煤炭一样黑，但现在他想像钻石一样闪闪发光。

叔叔缝好了河俊和秀敏画好的布块，大卫塞进棉花后，叔叔完成了挂钥匙扣这个最后的环节。河俊和秀敏都开心地发出"哇"的尖叫声。

接着，米开朗基罗叔叔坐在缝纫机前开始缝大块的布，他一边哼着歌，一边踩着缝纫机，看起来心情大好。

"早知道有这么舒服的世界，我就多做几套衣服了。可那时候，做针线活太累了，所以我就只做了一件衣服。"

"早知道的话，我就用缝纫机缝了。"

大卫发了句牢骚，叔叔哈哈大笑起来。

"用缝纫机做玩偶也很累，手工缝纫熟练之后，才能够学习缝纫机。手熟是基础，只有这样才能形成习惯，才能做其他事情。等你做完那个玩偶，我一定教你怎么用缝纫机。"

大卫放下做完的玩偶，想象着给它穿什么衣服。他看着架子上的每一个玩偶，韩服、晚礼服、航天服、雨衣、泳衣、人鱼衣服……大卫也考虑过给小王

子穿那些衣服，但又觉得哪里有些别扭。小王子穿着那身衣服去各个星球旅行，在沙漠里遇见了飞行员……他必须穿得与众不同，才能愉快地旅行。

叮铃铃，门开了。

一位陌生的阿姨领着一个小女孩走进工作室。小女孩牵着妈妈的手，她妈妈看到米开朗基罗叔叔吓了一跳，向后退了一步。

"啊，因为我长得丑被吓到了吗？不过这也没有办法，我生来就是这样。又被朋友打塌了鼻梁，看起来更丑了。不过，请别害怕，小朋友们都喜欢我，你也是吧？"叔叔弯腰冲小女孩笑了笑。

小女孩也哈哈笑起来。阿姨看着架子上的玩偶，听说它们都是叔叔做的，一个劲地赞叹。小女孩一下子抓起了冰雪公主玩偶，说想要这个。

"啊，这里倒是也卖玩偶，不过我建议你们在这里亲自做一个。亲手做玩偶的时候，创造力会大大提升哦！那些孩子都在自己动手制作呢！"

河俊和秀敏自豪地举起自己画的玩偶钥匙扣。

"做这样的玩偶需要多少钱？"

"买的话比较贵，自己做的话，价格便宜一些。"

叔叔说了玩偶的价格。大卫听了，吓了一跳，这比自己问的时候贵多了。阿姨说下次再来，就带着小女孩走了出去。叔叔一直送她们到门口。

"玩偶价格……怎么和我问的时候不一样啊？"大卫不解地问。

"你很特别，所以我只收那个价格。"

"为什么说我特别？因为我长得不一样吗？"

叔叔的眼中掠过一丝忧伤，他把手搭到大卫的肩膀上：

"大卫，长得不一样不是你的错，我是想帮你取出内心的宝贝。当然也有其他原因，我来韩国的时候也非常辛苦，我自己经历过，所以无法无视你的痛苦。"

米开朗基罗叔叔的韩语说得很好，这是他用了很长时间练习和努力的结果。就像因为不知道酱曲而受到捉弄的大卫一样，叔叔一定也度过了一段被嘲弄的艰难时光，但他现在看起来很放松，很舒服。大卫羡慕这样的叔叔，他对看到自己吓一跳的人能坦然地说出自己长得丑，并微笑着走近他们。

"真的不是我的错吗？"

"当然了。你可以活得不一样，堂堂正正地面对周围的一切！这样，你就可以更加清楚地看到你心里真正的宝贝。"

大叔紧握拳头为大卫加油，大卫耷拉着的肩膀渐渐挺了起来。

回到家，大卫先去找妈妈，妈妈在准备晚饭，大卫尴尬地笑了笑。

"回来了，大卫。"

妈妈略带不安地说。大卫含糊着笑而不答。看到妈妈不安的样子，就像看到自己一样，既陌生又熟悉。

大卫进了房间后，给爸爸打起了电话。

"爸爸，你什么时候回来？"

"四天后，你还好吧，儿子？"

"嗯，爸爸，我有一件事情很好奇……"

"什么？你说吧。"

"爸爸为什么和妈妈结婚？"

爸爸沉默了一会儿。

"漂亮，因为妈妈是像星星一样闪光的人，她很坚强。"

挂掉电话之后，大卫走进厨房，坐到饭桌前。正埋头准备晚饭的妈妈背微微有些驼。妈妈没怎么哭过，去市场的时候也很有劲儿。尽管语言不通，但她有时候也想要敞开心扉和大卫聊天。而阻止聊天的不是别人，正是大卫。大卫到现在还记得妈妈讲的灰姑娘的故事，妈妈一定知道更多的故事，但大卫觉得自己的妈妈和别人的不一样，就讨厌妈妈，不给她讲故事的机会。妈妈的心里一定也有宝贝，但好像是大卫阻止了宝贝发光，他感到很难过。

大卫不说话，从背后抱住了妈妈。

"怎么了？"

妈妈关切地问道，她抚摸着大卫的手，语气里透露出一丝担心。大卫想起之前在工作室里见过的玛利亚雕像，死去的儿子躺在她的膝盖上，她安详地看着儿子的神情，总让他联想到自己的妈妈。大卫一直装作没看到妈妈强忍悲伤和痛苦，想和儿子一起度过美

好时光的样子，直到这时大卫才看清自己过去对妈妈是多么残忍。

"妈妈，您之前是做什么的？"

"做什么？"

"就是从事什么职业，在什么公司？"

妈妈滔滔不绝地用英语说了一长串，大卫赶紧拿出英韩词典。妈妈翻开词典，指着"贸易"这个陌生的单词。大卫读完单词的解释才理解它是什么意思。原来妈妈以前和爸爸做着相同的工作。但爸爸现在继续工作，而妈妈却待在家里，大卫希望妈妈也能找到自己心里的宝贝。

"妈妈要是能继续工作就好了。"

"继续？"

"嗯，继续。"大卫肯定地说。

妈妈会心地笑了。

"妈妈，我爱你。"

"我也爱你，大卫。"

泡菜汤咕嘟咕嘟地冒着热气，大卫想快点吃到妈妈煮的泡菜汤。

小王子的衣服
无论做什么，首先要考虑"人"

大卫本以为自己从此能平静下来，可是没几天，正宇又挑事儿。这次大卫没有忍，也没有攥紧拳头，而是心平气和，堂堂正正地问道：

"柳正宇，你为什么只对我这样？"

正宇一副"你真的不知道吗"的样子，嘴角上扬着回答道：

"因为你长得不一样！"

大卫挺起胸膛：

"对，我是混血儿，但那是我的错吗？"

正宇惊慌地瞪大了眼睛。大卫没有犹豫，接

着说：

"我和你同一年出生，都生在大韩民国，当然，我们长得不一样，但我也有很多想做和想尝试的事情。我的心里有无数宝贝。"

正宇扑哧笑了。

"宝贝？那是什么？"

"就是我珍惜和看重的东西，说了你也不知道。不管怎样，叔叔让我找到自己的宝贝，你以后不要再挑事儿了，也好好地找找你的宝贝！让素贤也能看到你的宝贝。"

正宇闭上了嘴巴。以前，只要正宇搭话，都是大卫闭嘴握拳，今天却恰恰相反。大卫今天说的话比之前对正宇说的话的总和还多，他内心舒畅多了。叔叔说得对，挥拳的时候只是当时痛快，事后内心依然会沉重。但去掉火气，用心沟通的时候，才真正感觉舒服。

"我并不喜欢素贤，你如果真的喜欢素贤，就想办法让她也喜欢你。素贤不喜欢只有蛮力的人，我是她同桌，所以我很清楚。"

说完，大卫转过身去，这是他第一次不害怕和正宇对话。他也第一次觉得正宇的眼睛并不可怕，反而显得很可爱，小小的、圆圆的，很像河俊的眼睛。

"那素贤喜欢什么？"

背后的正宇问道。

"她很喜欢玩偶。"

"玩偶？"

"想知道的话，放学后跟我来。"

素贤的笔记本几乎没有空白。只要有一点空白，她就一定会画满玩偶。连她扎长辫子的头绳上也常挂着小熊玩偶。素贤喜欢玩偶这件事，只要稍微用点心就能知道，而正宇却没有察觉到。

大卫想象着像熊一样大块头的正宇穿针引线的样子、纠结素贤喜不喜欢自己的样子，无论什么样的想象，都和正宇不搭。

一放学，正宇就背上书包朝大卫走过来。

"怎么了？你们要打架？"

素贤担心地问道。

"不，我们要一起去一个地方。"

没等正宇开口，大卫就抢先答道。

他们出了校门，走进胡同。一路上，正宇都乖乖地跟在大卫身后，大卫突然加快脚步时，正宇也慌慌张张地加快步伐，大卫一停下，正宇也跟着停下来。来到工作室，大卫和正宇并排站在一起。

河俊和秀敏先到了工作室，两个人正在玩玩偶。河俊先看到了大卫，叔叔也走了过来。

"大卫和朋友一起来了！你好，我是米开朗基罗叔叔。"

正宇一听，乐了。

"他讨厌别人叫他爷爷。这里的玩偶、雕像、画，都是叔叔制作的。"大卫提醒着正宇。

正宇犹豫着向架子方向走去。他拿起玩偶一个个欣赏着，抚摸着，感叹不已。这里有他喜欢的一些角色玩偶，也有他小时候玩过的玩偶，还有长得像他发小的玩偶，正宇拿起一个又放下，最后选了一个。

"我喜欢这个玩偶。"

那是一个像素贤一样扎着长辫子，穿着漂亮花纹连衣裙的玩偶。

"这位朋友挑玩偶的眼光很高啊！那个玩偶制作简单，孩子们都很喜欢。你想做多大的？"

"我可以亲自做？真的吗？"

"当然，大卫也在做，你也做一个吧。"

"多少钱？这是我现在所有的财产。"

正宇抖抖裤子口袋，翻找了一遍，然后把所有的钱放到桌子上。大卫哈哈大笑起来，正宇的样子和自己第一次来工作室的时候一样，连钱数也差不多。

"你们两个人果然是朋友，连交钱的风格都差不多。"

大叔用食指敲敲下巴，把零钱揣进自己的口袋。

"本来用这么点钱根本不可能做玩偶，但因为你是大卫的朋友，所以就特别照顾了。不能声张，说出去的话我就麻烦了。"

正宇安静地坐在桌旁，按照大叔的指示，把布叠放在一起。大卫告诉他两块布不能错位，要用别针固定好。正宇认认真真地把线穿好，开始一针一线地缝起来。大卫则看着专心玩耍的河俊和秀敏。

他们俩把自己做的玩偶放进一座木头房子，又取出来。房子的楼梯是圆形的，层层盘旋上去，房子也是圆的，到处都摆着长椅子。

"这座小房子长得真稀奇！"

"啊，这是图书馆。"

"这个也是叔叔做的吗？"

"对，这只是模型，真正的房子在佛罗伦萨，就是劳伦提安图书馆。"

"你是说真的图书馆在佛罗伦萨？"

"对。"

米开朗基罗叔叔像洋葱一样，无论怎么剥都不知道里面是什么。从梵蒂冈士兵穿的南瓜裤子到佛罗伦萨的图书馆，意大利好像到处都有叔叔的作品。

"那些壁画也都在意大利。"

"在意大利真的可以看见叔叔做的东西吗？"

正宇插话道。

"那是当然了，你们以后长大了一定要去看哦！"

叔叔拍了拍正宇和大卫的肩膀，把一本没有装订的空白练习本递给大卫。

"大卫，你还没想好给玩偶穿什么衣服吗？"

"对，我还在想。"

"那你先画画看吧！画一画就能想出来，你也可以留心观察来往行人的衣服。我做设计都是先考虑人，建图书馆的时候也是先考虑人。建筑像人一样，需要有可以呼吸的窗户，需要方便进出的门，需要胳膊和腿可以自由舒展的空间，需要可以思考的地方。衣服也一样，最先考虑的是穿衣服的人。"

　　叔叔在练习本上简单画了几条线，空白的纸上出现了用一只胳膊叉着腰的人。大卫和正宇好奇地看着，大叔又在纸上画了几条线，这次那个人穿上了衣服，是个穿着长到膝盖的衬衫搭配着长裤，踩着高跟鞋的女人。叔叔只用几条线就画出了人，还给她穿上了衣服，比想象中还厉害。

　　"设计衣服时画的人，脸部不用画得那么仔细，不过，要考虑肌肉，要考虑怎样方便身体的运动，怎样最能展现人物的特点。你想做什么样的衣服？"

　　"对我来说能成为宝贝的衣服。"

　　"好，那样的衣服很好。"

　　大卫反复思考着叔叔说的话，要考虑肌肉、运动，他想做能成为宝贝的衣服。

叔叔在一旁教正宇做针线活。正宇被针扎了好几次，手指上缠了三个创可贴，但他没有停下手里的活儿。秀敏回家了，河俊边画画边等着妈妈。

直到太阳落山，大卫一直观察着工作室外的行人。他把看到的衣服原样画在练习本上，涂了色。他越画越熟练，可是，一连画了十多张画，大卫还是无法决定给小王子穿什么。

正宇已经缝了一半身体了，他揉着肩膀直喊累。正宇经常把两块布缝斜，所以总是缝了拆，拆了缝，几乎变成米开朗基罗叔叔在帮他做针线活了。

"这个倒是很有意思。"

大卫拍了下正宇的肩膀说：

"素贤也会喜欢的。"

正宇的脸红了，赶紧说：

"做完之前要保密。"

"知道了。"

大卫和正宇拉了钩。他们第一次愉快地分手。

回到家里，大卫还一直想着给小王子穿什么衣服。这是大卫第一次做属于自己的玩偶，感觉非常神圣，一定要做到最好。

"妈妈，你最喜欢什么衣服？"

"衣服？"

妈妈微微一笑，带大卫进了卧室，从柜子上面取下一个箱子，那是个用竹子编的箱子，里面装着一件有刺绣图案的红色连衣裙。

"这件衣服叫特尔诺。"妈妈介绍说。

"特尔诺？"

"对，妈妈的衣服是特尔诺，爸爸的衣服是巴隆他加禄。"

特尔诺下面有一件叠好的白衬衫，衬衫上也有刺绣，和妈妈衣服上的刺绣一样。妈妈不好意思地笑着说，这是她和爸爸在菲律宾结婚时穿的礼服。妈妈和爸爸举行了两次婚礼，一次是在菲律宾，一次是在韩国，因为亲戚们无法一次性聚到一起。妈妈穿婚纱的照片在墙上挂着，但没有穿特尔诺的照片，那张照片在菲律宾外公的家里。妈妈离开家乡时，家人说会想念妈妈，就留下了那张照片。

大卫听完妈妈用英语夹杂着韩语的介绍，大吃

一惊。

"妈妈，你的韩语进步多了！"

"我在上韩语学校，韩语很有意思。"

妈妈不再对大卫说敬语了。原来，大卫在工作室忙活的这段时间，妈妈去学习韩语了。妈妈又补充道，爸爸的公司如果有出口菲律宾的工作，会让妈妈帮忙。妈妈终于开始做自己喜欢的事情了。大卫仔细看着特尔诺和巴隆他加禄，衣服上仿佛浮现出一直默默守护自己的妈妈的形象。

"妈妈，我觉得你韩语不好也没关系，我现在不会因为妈妈是菲律宾人而觉得丢人了。妈妈韩语不好，我就多学英语。我喜欢妈妈笑的样子，希望妈妈不用总看别人的脸色，要开心地笑。我会帮忙，让你努力工作的。"

妈妈会心地笑了。无论大卫长成什么样子，无论是黑还是白，妈妈都爱着大卫，大卫也爱着妈妈。妈妈做的菲律宾食物和韩国食物大卫都喜欢。大卫想学妈妈的菲律宾语，想像妈妈学韩语一样学习菲律宾语。大卫吃菲律宾食物的时候，就更想了解妈妈了，他不再因为自己长得黑而感到丢脸了。

"这件衣服好。"

大卫终于找到了给小王子穿的衣服。

大卫，挺起胸膛
追逐更大的梦想

大卫找到了想要的衣服，只是这件衣服不能直接给小王子穿。特尔诺是裙子，巴隆他加禄是衬衫。大卫想结合这两件衣服的特点，为小王子设计一身与众不同的衣服。

大卫一边这样想着，一边画着草图，这件衣服是像裙子一样又宽又长的衬衫，有特尔诺花纹，可无论怎么画，都觉得和小王子不搭。

"你在做什么呢？"

正在这时，正宇悄悄走过来，坐在大卫旁边问道。

"画衣服。"

"什么衣服？哦，那个小王子的衣服？"

大卫没有回答，而是把练习本递给他。大卫看到了妈妈的衣服时，激动得心怦怦直跳，他想要给小王子穿上那件衣服。可画了好几次，并不怎么如愿。

"不过，你画得可真不错，像设计师的画。"

"是吗？"

这时素贤"啪"地拍了拍桌子。

"这是我的座位，柳正宇，能让开吗？"

"嗯？哦，对不起。"

正宇连耳垂都红了，弓着腰站起来。大卫使劲儿憋着笑，发出咯咯的声音。正宇不想让大卫笑，捅了捅他的腰。

"你们两个最近看起来关系不错。"

正宇站出来说：

"我们是朋友啊！"

素贤简直无法相信，双手交叉放在胸前，上下打量着他们。

"朋友？你们两个什么时候变成朋友了？正宇

不是上蹿下跳欺负大卫，大卫总是忍着怒气藏着拳头吗？"

大卫心中一紧，他以为没人知道自己的痛苦，没想到素贤竟然一清二楚。

"大卫，我说的是真的，对吧？"

正宇边说边眯着眼，用手比画着，他在对着素贤估摸自己的玩偶的头发长度。

"是，我们决定做朋友了。"大卫应和道。

今天太阳从西边出来了。原本势同水火的两个人关系竟然变好了，素贤晃了晃脑袋。她跑向刚走进教室的文彬，告诉他大卫和正宇和解了。文彬也赶紧向他们两个跑去，问他们是不是真的。

"正宇真的决定和大卫做朋友了？那么现在我们的教室该安静下来了。"

文彬和素贤哈哈大笑起来。

放学后，大卫和正宇一起去了工作室，大卫把想了一天的衣服设计给叔叔看。

"很帅气，这个要给小王子穿吗？"

"对，这是菲律宾人穿的衣服，我妈妈和爸爸就是穿着这件衣服结的婚。"

"是有刺绣的衬衫，放刺绣的话衣服有点小，也没有合适的布。你看这个怎么样？"

叔叔打开一个布袋，里面装满了白色、黄色、粉色、黑色、银色、金色等各种颜色的蕾丝。叔叔说可以不用刺绣，把几个蕾丝叠在一起缝上的话，会做出像刺绣一样的花纹。大卫挑选了几种蕾丝，用各种方式叠放起来，最后选出了放在衬衫上的蕾丝。

"我喜欢这个。"

"选得好！现在就来试试做衬衫吧。"

叔叔在纸上画了衬衫的纸样。这比缝身体更复杂，看到纸样的正宇吐了吐舌头："我不要做这么复杂的衣服。"

"这不适合你的玩偶。不过玩偶的裙子上可以贴蕾丝。"叔叔建议道。

"嘻嘻，那我也可以选蕾丝吗？"

"缝完身体再说。"

之前，正宇和叔叔说话的时候，总是神经紧绷，现在他可以放松地说笑了。正宇和大卫都开始安安静静地做针线活了。

这时，河俊和秀敏来了。两个人背的幼儿园书包上都挂着自己做的玩偶。大卫看着正宇，指了指那些玩偶，正宇扭头看去，脸不禁又红了。

"看来你是真喜欢啊！"

"不许说，知道吧？"

"给素贤玩偶之前，对她友好一点儿。不然，你送给她这个的时候，她可能不会接受，因为一直以来，她看到的都是你大吼大叫和吵架的样子。"

正宇停下手里的针线活。

"大卫，之前我经常发火吗？"

"是啊。"

"我不是因为讨厌你才生气，我是跟自己生气，生气了也没有地方发泄。但无论我说什么，你都一声不吭，看起来好欺负，所以我才变本加厉的，对不起。"

米开朗基罗叔叔把脸凑到正宇和大卫中间：

"果然针线活最伟大！还可以让人消火，所以我才喜欢做针线活。"

大卫的想法也一样，在工作室做玩偶的这段时间，他重新理解了妈妈。妈妈爱爸爸，不远万里来到这里生下自己，承受着在语言不通的环境中生活的种种不便。尽管如此，妈妈一次也没有抱怨过，还经常微笑。即使大卫埋怨，妈妈也忍着，大卫发飙的时候，妈妈还是很疼爱他。妈妈一定也生气过，却从没有向大卫发泄。

之前因为自己和别人不一样而不愉快的心情，大卫已经抛到九霄云外了，现在他喜欢自己的样子。别人只能用韩语交流，大卫和妈妈却可以用英语交流，这是自己的优势。他现在想慢慢和妈妈聊聊之前没有聊过的事情，妈妈和大卫之间，也像针线活儿一样，要想缝合、拼接成完整的样子，还有很多事情要做。

缝衬衫花了大卫一天的工夫，这期间，正宇做好了玩偶的身体和四肢，并把它们缝在了一起。

"明天我应该可以做衣服了，对吧，叔叔？"

正宇咧嘴笑着说。叔叔拿出带花纹的布给正宇。

"既然如此，要给它穿漂亮的衣服。"

"那当然啦。"

大卫走到缝纫机旁的衣架处，那里依旧挂着南瓜短裤和斗篷，旁边则是一些以前没见过的衣服。有好几层花花绿绿的布叠做的罩衫，像绽放的花朵那么华丽。有黑色的带亮片的布做成的衬衫，像大衣一样长。一条混搭风的裙子格外抢眼，从腰到口袋的部分是从旧牛仔裤上裁下来的，下面拼接着碎布做成的裙子，好像很适合妈妈。这些衣服时尚、有个性，光看着就让人开心，好像要给闪亮又美丽的人安上翅膀。

　　大卫觉得服装设计是叔叔除了雕刻、建筑、绘画之外开辟的一个新领域。

　　"叔叔，你新找到的宝贝真酷。"

　　叔叔拍了拍手，自豪地说：

　　"对，这是我新找到的宝贝，是我想做的事，以前是雕刻、绘画，现在我喜欢给人们设计衣服。"

　　"叔叔，我好像也找到了一个宝贝。"

　　"我知道。"

　　叔叔用手抚摸着大卫的头，叔叔当然知道大卫找到了自己的宝贝，因为他像变了一个人似的，浑身闪耀着宝石一样的光芒，叔叔打心眼儿里为他高兴。

第二天休息的时候，素贤问大卫：

"今天早晨柳正宇替我去分发牛奶的地方值日，好奇怪！他打的什么鬼主意？"

"鬼主意？"

大卫立刻明白了。

正宇正按照前一天大卫提醒他的那样行动呢，他在对素贤示好。大卫想起正宇精心准备的长头发玩偶。玩偶渐渐完成了，正宇也明显稳重了。他说这是送给素贤的玩偶，所以做得非常用心，此时的正宇也在闪闪发光。不说别的，单是正宇对素贤的心意，就像宝石一样珍贵。

"正宇有点变了，是个不错的朋友。"大卫真诚地说。

"真的变了吗？"素贤还是有些将信将疑。

"真的，他比想象中要认真、仔细。"

像熊一样结实的大块头，拿着细小的缝衣针，制作一个只有手掌大小的玩偶，估计素贤无论如何都想象不到这幅画面。正宇的玩偶拆了几次又重新缝上，弯曲的部分变得平整，歪歪扭扭的针脚也渐渐平直。

这期间，他竟没有一次不耐烦。虽然想变得亲近起来还需要花费一些时间，但现在不能再把正宇看成一个只有一股子蛮力的孩子了。

素贤冲大卫点点头，说："我就信你一次。"

"好，相信我吧。"大卫回应道。

那天在工作室，大卫忍不住把素贤和他聊天的内容向正宇说了，这一说不要紧，正宇竟让他一遍又一遍地还原现场。

"拜托，你再让我说的话，就十五遍了，我现在也很忙。"

"知道了。"正宇还是有些不甘心。

在干活的间隙，他见缝插针地就会再去问大卫，大卫一边做针线活，一边嘟嘟囔囔地重复着同样的话，在这个过程中，他做完了斗篷。这件斗篷是妈妈穿过的特尔诺的变形，从后面看像裙子，但从正面看又分明是小王子穿的披风。

正宇因为要上补习班就先走了，大卫打上最后一个结。大卫很喜欢这个可以抱在怀里的小王子玩偶。

"头发做成黑色，看起来更好看。"

米开朗基罗叔叔说道：

"大卫，把这个拿走吧！"

叔叔拿出一个像蛋糕盒一样的纸箱，横竖有一拃长。大卫虽然不知道里面装着什么，但感觉有点沉，还有点甜甜的味道。

"回家再打开，作为你找到宝贝的礼物。工作室过几天会关门歇业，我要去看时装表演，打算正式学习制作衣服。"

"那您什么时候回来？"

"下周，到时候再来玩。"

大卫紧紧抱住叔叔，如果不是遇到叔叔，大卫会一直耷拉着脑袋，攥着拳头，忍着怒气生活。现在一切都变了，无论别人说什么，大卫都不会在意，他要努力做最好的自己。

"谢谢您，叔叔。"

"我也谢谢你，多亏你我才认识了正宇。以后带更多的朋友来玩啊，不过，没有折扣了哦！"

"好的，我还会再来玩的。"

在回家的路上，大卫想打开箱子看看，但他还是忍住了。箱子上写着"易碎"两个大字。大卫把小王子玩偶放在箱子上，两只手紧紧抱着箱子，越走越感觉箱子里的东西很沉。

回到家，出差回来的爸爸给大卫打开门。他看到大卫疲惫的表情吓了一跳，赶紧接过箱子和玩偶。

"大卫，这个玩偶真漂亮！"

妈妈感叹道。

"这是我做的，这是特尔诺，这是巴隆他加禄。"

爸爸不知道大卫竟然有这样的天赋，朝他竖起了大拇指。大卫和爸爸妈妈说起了去工作室的事情，妈妈听得聚精会神，眼睛一眨一眨地。

"米开朗基罗，雕塑家米开朗基罗？意大利人？"

"嗯，那个叔叔说他在意大利生活。"

"奇怪，米开朗基罗是很久以前的人。"

大卫扑哧笑了。当然，他看上去像爷爷一样，确实是很久以前的人。大卫对妈妈的话不以为然，打开了箱子。

箱子里面有一个用塑料袋仔细包裹的雕像，工作室的其他雕像是用白色的石头雕刻的，这个用的却是黑色石头。这是个卷发的男孩，什么也没有穿，一只手放在肩膀上，另一只手攥着拳头看着前方，放在肩膀上的手里拿着鸟枪。

"大卫，这是大卫。"妈妈惊喜地说。

"这是我？"

"不，这是米开朗基罗雕刻的大卫。"

雕像脚下踩着的石块上刻着几行小字，像是英语，但又不是英语。

"这个我知道，我见过。意思是佛罗伦萨的米开朗基罗·博那罗蒂所作。"

妈妈轻轻地吐了吐舌头，"你应该比我更清楚，你不是很喜欢米开朗基罗吗？"

妈妈说要查找一下关于这件作品的资料，于是打开了电脑。三个人并排坐在电脑前。屏幕上赫然现出这件作品，大卫吓了一跳。那个传世的"大卫像"和大卫收到的雕像几乎一模一样，只有颜色和大小不同而已。大卫还能看到雕像底座的字，他清楚地记得工作室里的其他雕像上也都刻着那样的字。膝盖上躺着耶稣、雕刻得光滑柔软的玛利亚的衣服上就刻着这样的字。那是他最喜欢的雕像。

大卫抱紧小王子玩偶，无论叔叔是谁，不管他做什么，都不重要。对大卫来说，米开朗基罗是像宝石一样发光的叔叔，他期待叔叔下周快点儿回来。

"我喜欢这个雕像。"

"我也喜欢。"

"我也喜欢。"

爸爸妈妈同时回答。

黝黑的雕像瞪大眼睛看向前方，大卫也像雕像一样挺起了胸膛。

米开朗基罗是谁?

设计专栏作家　金信

伟大艺术家的诞生

1553年，米开朗基罗78岁时出版的传记中这样记录了米开朗基罗的出生。

"米开朗基罗·博纳罗蒂出生于1474年3月6日，彼时水星、金星、木星排成一列，预示着一位将在绘画、雕刻、建筑领域留下丰功伟绩的伟大艺术家诞生了。"

不过，这是米开朗基罗为了把自己塑造成艺术神话而杜撰的。实际上，米开朗基罗出生于1475年3月6日，当天行星移动并无特别之处。不过，事实并不重要。重要的是，米开朗基罗确实是一位伟大的艺术家，现在几乎没有人不知道他的名字和作品。

米开朗基罗的父亲洛多维科·博纳罗蒂是一位下级官吏，他认为艺术家是一个低贱的职业。实际上在15世纪的意大利，根本没有"艺术家"的概念。当时的艺术家被称为"技工"（artifice），接近于我们今天所说的"制作工人""匠人"。

技工并不像现在的艺术家一样可以自由地按

照自己的想法进行创作，而是根据委托人的订单，收到钱之后绘画、雕刻或制作工艺品。伟大的达·芬奇和米开朗基罗一生都没能摆脱这种生活，所以，米开朗基罗的父亲可能并不希望自己的儿子成为艺术家。

遇见强有力的后盾

尽管不被父亲肯定，但米开朗基罗意志坚定，才华也非常出众。他13岁时成为画家多米尼克·吉兰达约的学徒，开始走上艺术之路。米开朗基罗的才华很快被文艺复兴发祥地佛罗伦萨的统治者洛伦佐·德·美第奇看中，得到了他的赞助。

说起文艺复兴，不得不提到美第奇家族。我们所知道的欧洲的文艺复兴，起源于意大利。最初的发源地便是位于意大利北部托斯卡纳的佛罗伦萨。这一地区高利贷产业发展较早，虽然放高利贷是一种赚大钱的买卖，但一旦借贷人无法还钱或逃跑，放高利贷的人就会遭受损失，所以也算是一种危险职业。美第奇家族也从事高利贷产业，为减少风险，他们将业务分散到各地，这就类似于今天的银行。也就是说，美第奇家族最先在欧洲发展了银行业，借此获得了巨大的财富和权力，美第奇家族的产业使15世纪的佛罗伦萨成为欧洲最富有的城市。

但放高利贷毕竟是一项不光彩的事业，从事这项工作的人都害怕死后去地狱。为了死后能得到神的祝福，美第奇家族把很多钱捐献给教会，还不惜代价把教会修得美轮美奂，从而努力美化家族的形象。所以，他们需要很多技术人员，即画家、雕塑家、建筑师，与此同时，他们还鼓励技艺、学问的发展。

所以，文艺复兴一开始不是为了学问和艺术本身产生的，而是富有的银行家为了提高家族荣誉而发起的运动，特别是在银行家云集的托斯卡纳地区。在西方美术史上留下丰功伟绩的文艺复兴巨匠布鲁内莱斯基、多纳泰罗、达·芬奇、米开朗基罗等都出生于佛罗伦萨附近。只要得到美第奇家族的赞助，就等于未来得到了保障。

洛伦佐·德·美第奇和他的长子皮耶罗、次

子乔万尼（后成为教皇利奥十世）、乔万尼的堂兄朱利奥（后成为教皇克莱门斯七世）等强大的掌权者，都是米开朗基罗的主要顾客。在美第奇家族的赞助下，米开朗基罗制作了《楼梯旁的圣母》和《拉庇泰族人和半人马的战斗》等一系列浮雕。不过，此时米开朗基罗的才华还未完全释放。

1492年，第一个了解和欣赏米开朗基罗才华的洛伦佐·德·美第奇死后，米开朗基罗陷入巨大的悲痛之中。洛伦佐的长子皮耶罗继承了父亲的地位，但他没有像父亲一样发现米开朗基罗的价值，加之法国的侵略，美第奇家族成员分裂、走上流亡之路，米开朗基罗前往罗马寻找新顾客。

因《圣母怜子图》成为声名鹊起的雕塑家

活动舞台转移到罗马的米开朗基罗，1497年因雕像《酒神巴库斯》成为坊间热议的对象。他在涉及传统题材时，不囿于传统，而是在自我理解的基础上加以改造。米开朗基罗雕刻的巴库斯虽然是神，但姿势不刻板，身体还体现出两性特征。米开朗基罗雕刻的人物大多是这种扭曲的、充满动感的姿态，似乎他们身体内部怀着强烈的欲望或遭遇过挫折。

米开朗基罗在罗马逐渐声名鹊起，让他变得更有名的第一部作品是《圣母怜子图》。《圣母怜子图》与《酒神巴库斯》同年完成，是法国红衣主教若望·德·比耶尔定制的作品。

米开朗基罗做雕像时，总是亲自到采石场挑选大理石。他一定要去自己家乡托斯卡纳的卡拉拉采石场。这里的大理石质量最好。在山上将大理石切割成合适的大小，再把又大又沉的石头从山上拉下来，然后用船运送到目的地，不仅需要花费数月的时间，而且非常危险。但追求完美的米开朗基罗欣然和工人们一起完成了这份艰苦的工作。

《圣母怜子图》雕刻的是"抱着死去的耶稣的圣母"这一传统主题，在西方美术史上曾经有无数人用绘画和雕刻来表现。但是，米开朗基罗的《圣母怜子图》让人不由自主地感叹用坚硬的石头怎么能雕刻出如此柔和、优雅的雕像呢？耶稣耷拉下来的身体逼真到让人难以用语言来形容。他的脸真的像死去的人一样安静，把耶稣抱在膝上的玛利亚的衣服就像真的衣料一样飘逸，有皱褶。《圣母怜子图》完成于1499年，是一个世纪即将结束的时候。米开朗基罗和他的作品一起迎来了创作的新世纪。

因《大卫》的诞生而成为雕刻界的巨擘

美第奇家族被驱逐后，佛罗伦萨进入了短暂的共和国时期。为提高共和国的地位，佛罗伦萨决定制作巨大的雕像。1501年，米开朗基罗接到了制作《圣经·旧约》中的大卫的委托。

制作大卫像的大理石历经40年的风雨，一直没有露出自己的真容。从卡拉拉挖出的这块大理石，在米开朗基罗出生之前的十年，就一直在佛罗伦萨的大教堂里，之前有很多雕塑家都尝试过雕刻这块石头，但最后都失败了。雕刻的困难之处在于它的大小，五米的高度本身是个问题，但厚度还不到一米则更成问题。厚度比高度薄太多，雕像的姿势受限。

"战胜歌利亚的大卫"是西方美术史上常用的素材之一。大部分作品描写的都是大卫用石头打死歌利亚，手里举着被砍掉的歌利亚的头或将他的头放到自己脚上的样子，即表现胜利后的荣光。但米开朗基罗却有创造性的想法，他要表现战斗前的紧张。

米开朗基罗的《大卫》眉头紧锁，瞪大眼睛怒视对方。他的左手拿着投石器放在肩膀上，垂下的右手拿着石头。双手表现得比身体更明显，米开朗基罗将战斗前的紧张集中表现到双手上。他的头也比手大，与人们从下面看巨大雕像的视角相符。身体整体的比例十分优美，锁骨和略微凸出的肋骨、胳膊和腿上隆起的肌肉、手背上描绘细致的筋腱，处处都能看出米开朗基罗对人体解剖学的深入研究。

看过米开朗基罗巨型大卫雕像的人都称其为"巨人"。巨人《大卫》的诞生也让它的创造者米开朗基罗变成了巨人。《大卫》完成于1504年，从此，米开朗基罗作为佛罗伦萨雕塑界的巨匠接到了许多订单。

 接受教皇尤利乌斯二世的召唤

《大卫》让年仅29岁的米开朗基罗跻身大师之

列，成为意大利最受欢迎的雕塑家。当时的教皇尤利乌斯二世计划为自己修建墓穴，他打算使用与教皇身份相匹配的风格华丽雄伟的雕刻。教皇从《圣母怜子图》受到启发，认为米开朗基罗是最佳人选。那是1506年，米开朗基罗31岁。

尤利乌斯二世虽是教皇，但他并不是拥有优秀人品和牺牲精神的圣人。尤利乌斯二世把王权看得至高无上，如果有国家挑战他的权威，他一定会毫不犹豫地挑起战争，甚至亲自穿上盔甲指挥军队作战。他脾气暴躁，话语低俗，一生气就会对属下拳打脚踢，朝天大骂，是一位让人难以想象的"暴君"。加上他身材高大，六十多岁还很健康，人们都觉得尤利乌斯二世拥有超人的力量。对所有人来说，教皇简直是噩梦一般的存在，接受这项工作，也是米开朗基罗前所未遇的挑战。

没多久，尤利乌斯二世又突然改变了想法，提出比修建陵墓宏伟好几倍的新计划，那就是要用壁画装饰西斯廷教堂的天花板。在这之前，教堂的天花板是用蓝底和金黄色的星星花纹装饰的。尤利乌斯二世想在壁画中画上耶稣的十二门徒，死后留下自己的功绩。

 ## 湿绘壁画法入门

米开朗基罗接到尤利乌斯二世的指示，暂时推迟了修墓计划，先负责装饰西斯廷教堂的天花板。但问题也出在这儿。米开朗基罗认为自己是雕塑家，从山上切割大理石运下来，再精心切割的过程是一项非常粗糙的颇具男性气质的工作，而绘画则是米开朗基罗讨厌的竞争对手艺术家拉斐尔那样的"书呆子"的工作，他看不上这样的工作。另外，在墙上画湿绘壁画是一项非常专业的工作，米开朗基罗只是小时候简单学过湿绘壁画，之后20年再也没有画过。意大利有句"凝视壁画"的谚语，意为"陷入困境"，说明湿绘壁画很难，就连伟大的达·芬奇也在湿绘壁画上失败过。

湿绘壁画的英语表达是"fresh"，意为"新鲜"。它指的是在画的底图完全干燥之前，即在湿润的状态下作画。在墙上刷上灰浆，然后在上面快速画画，灰浆干的同时，画作也完成了。灰浆可不会等画家慎重地画完才干，因此要画湿绘壁画，必须提前构思好所有想画的东西。

画湿绘壁画的过程如下：先把完成的底图贴到墙上，然后沿着画的轮廓线钻出无数个小孔，让木炭渗入孔中，这样墙上便留下了轮廓线。接着拿掉底图，就可以看到轮廓线了。此时，要马上涂颜料（染料），因为灰浆24小时左右就会完全变干，到那时就再也无法吸收颜料了。这个过程既要快又不能出错，不能像画油画那样涂涂改改，因此工作十分艰难，不仅需要创造性，还需要准确性和速度。

画西斯廷教堂的天花板壁画

就像身体扭曲的雕像一样，米开朗基罗喜欢充满激情的东西，他认为教皇的十二门徒构想很无趣，所以制订了比这更加宏大的计划，即记录耶稣出生前圣经的主要历史和人物。他将创造亚当、蛇的诱惑和被驱逐、诺亚方舟等创世纪的著名故事，以及所罗门、丹尼尔、约拿等主要人物，分区绘制到天花板上。米开朗基罗认为画这样一幅作品需要长40米，宽14米的空间面积，大概有足球场的一半那么大，不仅是天花板，连墙壁也要画满画。

西斯廷教堂天花板上的湿绘壁画始作于1508年5月。由于经验不足，刚开始的第一幅画就发了霉。湿绘壁画无法修改，一旦毁坏，就要拆掉墙壁，重新开始画。经过这次返工，米开朗基罗终于完成了第一幅画，即诺亚方舟和洪水的故事。但这时又出了问题。故事中的人物虽然画得很大，但在20米以下的教堂地板上仰望，人物还是显得太小。米开朗基罗在画完洪水后，开始减少各个主题人物的数量，以便将人物画得更大。观赏西斯廷教堂的天花板可以发现，在洪水画之后，人物的数量逐渐减少，到最后一幅画《预言家约拿》时，就只能看到一个非常庞大的人物了。

通过这次尝试，湿绘壁画的入门者米开朗基罗的绘画实力得到极大提高，自信心也得以增强。他完成第一幅画《洪水》，花了两个半月的时间，而完成其他的画，少则八天，多的话，也只需要两三周，都没有画《洪水》时费的时间多。画画的时候，遇到姿势舒服的部分（比如墙面而不是天花板）时，他还会省略底画，直接在墙壁上进行彩绘，这是惊人的进步和自信。米开朗基罗对复杂人物的短缩法和远近法的处理，打消了周围人的顾虑，展现了大师的境界。表现坐姿人物的正面形象的约拿就是其中代表性的例子。

成为湿绘壁画大师

技术和经验的增加并不意味着这项工作变得容易。除了工作之外，米开朗基罗对任何事情都毫不关心。画湿绘壁画的过程中，他没吃过一顿像样的饭。还有一次用面包和葡萄酒对付了一顿。有时辛苦的一天结束，他衣服浸满汗水，没脱鞋就直接躺在床上睡着了。据说他脱鞋的时候，因为长时间没洗脚，脚上的角质层会"扑簌簌"地脱落下来。

经常仰着头工作也非常辛苦。即使只以这种方式工作一周，人的骨头和神经也会出现异常，何况且米开朗基罗数年来一直如此，据说他的骨架结构都变形了。对于当时艰难痛苦的状况，米开朗基罗写下了下面的话：

"因为这悲惨的工作……胡子朝天疯长着……我变得像竖琴一样胖，毛笔溅出的染料把我的脸变成了马赛克。我的腰好像钻进了肠子里。为了保持平衡，我像马一样把屁股往后撅，为了不用看也能移动身体，我的腿不停地晃动。"

尽管如此，行将离世的教皇还经常发火，催他快速完成工作，不得拖延。最终历时四年，西斯廷教堂天花板的壁画于1512年竣工。教皇看到如此恢宏的天花板壁画，感慨万千，据说他花了很长时间仔仔细细地欣赏每幅画。伟大的美术史学者贡布里希对西斯廷天花板的壁画作了如下评价：

"米开朗基罗让我们看到了神的全能，那是艺术史上最伟大的奇迹之一。"

这一杰作可以说是极度妄想、高压的教皇和有着无法想象的巨大艺术热情和超人的忍耐力的艺术家创作出的成果。

从雕塑到绘画、建筑领域

尤利乌斯二世在西斯廷教堂天花板壁画完成的第二年去世了。之后利奥十世被选为教皇。利奥十世是洛伦佐·德·美第奇的第二个儿子，从小就和米开朗基罗很熟。米开朗基罗在雕塑和绘画两个领域创下了无人超越的功绩后，他从新的后盾利奥十世那里接到了向建筑领域拓展的要求。

利奥十世当选教皇后，美第奇家族开始重新统治佛罗伦萨。米开朗基罗的第一项建筑工作便是修建美第奇家族的教堂。文艺复兴时期的建筑基本上参考模仿古代建筑，当代批评家称赞米开朗基罗的建筑胜过任何古代建筑。

米开朗基罗有一种讨厌模仿的艺术家本能，他在教堂内部的雕像作品被评价为打破了陋习。教堂里面有圣物室，里面是光耀美第奇家族的人物的坟墓和雕像。其中朱利亚诺·德·美第奇的雕像因美术专业的人士画过无数次的"朱利亚诺"石膏像而众所周知。

美第奇家族的成员对雕像的脸部与原人物不符

感到不满。但米开朗基罗用"千年后的人怎么会知道"这句话加以反驳，该对话非常有名。比起雕像与实际人物的相似程度，米开朗基罗更注重表现雕像的威严和高尚。

美第奇教堂工作结束后，米开朗基罗于1524年开始投入劳伦提安图书馆的建设工作当中。凭借这项工作，米开朗基罗获得了更高的评价。作为建筑家，最让米开朗基罗出名的建筑作品是圣彼得大教堂，这里现为梵蒂冈的中心建筑。担任该建筑的监督官时，米开朗基罗已是71岁的高龄。该建筑是多纳托·布拉曼特、安东尼奥·达·桑加罗等文艺复兴时期顶级建筑家合作的作品。米开朗基罗成为监督官之后，对最终的设计方案进行了几处修改。米开朗基罗最终未能见证圣彼得大教堂的竣工，于1564年以89岁的高龄离世。

被认为是一位傲慢又孤独的艺术家

在菲利浦·布鲁内利斯基、列奥纳多·达·芬奇、布拉曼特、利帕埃罗等文艺复兴时期众多的艺术家中，米开朗基罗的功绩最为突出。因为其他的艺术家都是在建筑、绘画、雕塑等某一个领域取得了突出成就，而米开朗基罗则是在所有领域都留下了伟大的功绩。

在作品的数量上，米开朗基罗也压倒了其他人，这是他绝不服输的性格造就的结果。米开朗基罗非常自负、傲慢，不仅是达·芬奇，他认为像群星一样的竞争对手都比自己矮一截，甚至还顶撞过可怕的尤利乌斯二世。

米开朗基罗的傲慢和不逊也让同事恼火。他一生都顶着个丑陋的塌鼻梁生活，那也是拜生气的同事所赐——同事用拳头揍扁的。他的自负真是无可匹敌。米开朗基罗认为自己是最厉害的艺术家，因此会向委托人索要很多钱，同时为了留下最优秀的作品，也奉献了超乎想象的创作热情。

米开朗基罗赚了很多钱。据说他晚年攒下的财产相当于现在的亿万富翁。但米开朗基罗并没有把那么多钱都花在自己身上，他不恋爱，也不享受饮食和旅行，衣衫褴褛得不成样子。他毫不吝啬地把钱投资到购买最优质的材料上面，米开朗基罗的眼里只有工作和艺术。米开朗基罗到底是个怎样纯粹的艺术家，从他的传记作者阿斯卡尼·康迪威的话中可以得到印证。

"米开朗基罗的记忆力惊人，即使一次看过数千人，也都能记住并画下来，他从未重复同样的姿势或同一个人物。"

不过，作为普通人，米开朗基罗非常没有魅力，他不懂社交，常常满怀不满和抱怨，因此只能孤独、忧郁地生活。或许正是因为这种古怪的性格，我们才能欣赏到最优秀的艺术品。

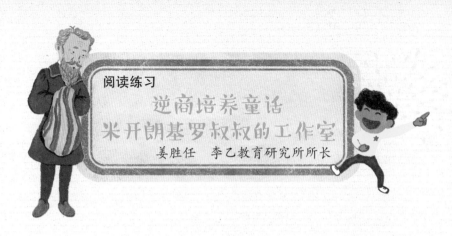

逆商培养童话
米开朗基罗叔叔的工作室

姜胜任　李乙教育研究所所长

这本书对人性发展有什么样的帮助呢？

如果说研究如何做人的方法的学问被称为人文学的话，那人文学对正初步形成人性的小朋友们来说，就是一门非常重要的学问。因为人文学的根本就是培养理解别人、体谅别人的品行，也就是"正确的品行"。

认真地回答后面这些构建人性基础的问题，大家就可以获得判断和解决生活中遇到的许多实际问题的能力。不仅如此，还可以练习写作批判性的文章，学会正确表达自己的想法。

1. 培养基本人性，理解故事内容

《逆商培养童话·米开朗基罗叔叔的工作室》的每一章都用小标题写出了米开朗基罗想传达给各位小朋友的思想。回想一下童话的内容和各章的教诲，回答下面这些问题。通过回答问题，孩子会慢慢养成良好的品行。

1. 大卫被班里的同学无视、捉弄的原因是什么？联系酱曲事件进行思考。

2. 米开朗基罗叔叔为什么说自己的作品尚有不足？

3. 大卫从叔叔那里听到了什么故事，使他第一次开始认真考虑妈妈的感受？

4. 大卫和正宇打架后来到工作室，米开朗基罗给他看了玛利亚和耶稣的雕像，打算让他领悟什么？

5. 米开朗基罗叔叔制作的雕像至今没有完成脸部的原因是什么？

6. 米开朗基罗叔叔对大卫很特别的原因是什么？

7. 大卫最后决定给小王子玩偶穿什么样的衣服？

8. 大卫和正宇去了米开朗基罗叔叔家的工作室之后发生了什么变化？

11. 巩固品行，理解和批判

以童话内容为基础，拓展思考范围。和朋友们一起讨论下面的问题，你会发现每个人都有不同的立场和解决方案。结合自己的经验写一写阅读童话的感受，练习更好地表达自己的方法。

【与朋友一起讨论吧】

1. 为了让大卫和班里的同学友好相处，讨论一下你认为谁应该首先做出改变。

> ·大卫应该改变：努力学习韩语，理直气壮地表达自己的想法和内心。
>
> ·朋友们应该改变：不用外貌或条件评价大卫，抛弃偏见。

2. 大卫有时对捉弄自己的正宇挥拳相向，有时也表达自己的内心。讨论一下遭到无视和排挤的时候，用武力和对话哪种方式来解决问题更好。

> ·用武力解决：用暴力展现自己的力量，使自己不再被无视。
>
> ·用对话解决：听一下别人那么做的理由，表达自己的内心。

【写一写自己的经历】

3. 米开朗基罗说"任何人的内心都有宝贝"。大家的宝贝是什么？如何才能找到宝贝呢？以"我内心的宝贝"为题进行写作。

4. 我们的社会依旧因为肤色、语言、文化的不同而有差别待遇。写一写为什么批判此种态度、尊重并接受多元文化很重要。

III. 研究米开朗基罗

读完童话故事，你是不是非常好奇米开朗基罗是个什么样的人呢？现在让我们仔细阅读附录中介绍的米开朗基罗的生平与思想，回答下面的问题。

1. 米开朗基罗在佛罗伦萨活动的时候得到了洛伦佐·德·美第奇家族的赞助，美第奇家族为什么支持像米开朗基罗这样的艺术家？

2. 试着说明米开朗基罗制作的《圣母怜子图》与《大卫》的出色之处。

3. 米开朗基罗画西斯廷教堂的天花板壁画时遭遇了许多困难，概括他是如何克服困难并完成壁画的。

4. 米开朗基罗和文艺复兴时期的其他艺术家有什么不同之处？是什么让米开朗基罗到达了巅峰？

5. 米开朗基罗虽然留下了很多伟大的艺术作品，但他性格傲慢、古怪，不合群。有评价说也正是因为这一点，他才能留下出色的作品，你对此有什么看法？

1. 培养基本人性，理解故事内容

1. 因为大卫的妈妈是菲律宾人，所以大卫虽然生长在韩国，但不熟悉韩语。准确来说是词汇严重不足，所以他不知道酱曲的意思。同桌素贤本来站在大卫这边，结果也开始误解他。班里的同学都以此为借口，把他当成异乡人，也开始捉弄他。这里包含着对大卫黝黑的皮肤的偏见和差别对待意识。

2. 因为无法准确表达自己内心的想法。

3. 大卫平时一点也不好奇和关心妈妈是个怎样的人。但看到米开朗基罗叔叔对自己和河俊的关心、照顾后，感到诧异，又在此时听到了叔叔乳母的故事。米开朗基罗的母亲早早去世，在乳母的照顾下长大，乳母提前了解、准备好米开朗基罗需要和想要的东西。在这样轻松的氛围中，石匠工作的声音成为米开朗基罗生活的一部分，长大后他成了著名的雕塑家。大卫感谢像米开朗基罗的乳母一样默默照顾自己的妈妈，开始对妈妈是个怎样的人产生了浓厚的兴趣。

4. 想告诫他生气了就乱用武力的话，会把事情搞砸，反而让自己的心情更乱。相反，去掉武力的话，可以更加客观地看待自己，从中真正发现"自我"。

5. 大理石里面已经有雕像的面孔，米开朗基罗解释说，"因为没有决定如何取出来，所以没能完成雕塑"。米开朗基罗做雕像的时候，认为雕塑家的意思和意图并不重要，重要的是找到隐藏在石头里的雕像本来的样子，并将其表现出来，这才是雕塑家该做的事情。

6. 首先想帮助大卫取出内心的宝贝，因为米开朗基罗刚来韩国的时候也经历过异乡人的痛苦，所以理解大卫的痛苦并可以产生共鸣。所以他说不能回避。

7. 大卫无法决定给小王子穿什么衣服，米开朗基罗让他先考虑穿衣服的人，还补充说方便活动的衣服和可以展现人的优势的衣服更好。大卫决定在此基础上制作可以成为宝贝的衣服，那就是用妈妈和爸爸结婚时穿的菲律宾传统服装特尔诺和巴隆他加禄来制作衣服。

8. 大卫理解妈妈的生活，并给予肯定，成为与妈妈和谐相处的儿子。正宇冷静下来，可以平心静气地表达自己的心情。两人都审视自己的内心世界，接受真实的自己，从而变得从容和相互尊重。

II. 巩固品行，理解和批判

1. 大卫应该改变：因为遗憾的一方是大卫，所以大卫应该改变。班里的同学捉弄大卫是不对的，但等着孩子们反悔、改变态度是愚蠢的，因为那些孩子正在暗自享受孤立、捉弄别人的乐趣。大卫要自己守护自己，不要责怪妈妈，通过努力读书、学习韩语，大胆地表达自己的想法和内心，只有这样才不会被同学们无视。

朋友们应该改变：捉弄朋友，因为朋友不一样就孤立他是大错特错的事情。因为与众不同并没有错，应该得到理解和尊重。捉弄朋友可能会给朋友留下心灵伤害，因此班里的同学要对此进行反省，并且要尊重大卫。

2. 用武力解决：书里写到大卫冷静地表达了自己的想法和立场，这才让正宇反省了自己的态度。但在现实中，这种情况下，那些话会被当成把柄，大卫会被再次捉弄、孤立。因此，必须用武力压制或恐吓他们，使他们不敢再无视自己。

用对话解决：暴力产生暴力，如果用武力解决问题，对方虽然当时可能会屈服，但事后可能会产生报复心理。那样就会牵连其他朋友，引发更大的矛盾和冲突。因此不要用武力，要用对话解决问题。这时要准确指出对方的错误，正当地发表自己的想法和立场。只有这样才能改变对方的内心。

3. 米开朗基罗说的宝贝不是像外貌、成绩、家庭环境这样的表面条件，而是才能、品德、本性等自己内在的品性。米开朗基罗说做自己喜欢的事情就能感知、寻找到宝贝。米开朗基罗做雕塑、建筑、绘画的时候，每次都能找到一个宝贝。而且他好像还有很多宝贝，所以还在寻找。思考自己喜欢做什么事情，试着写一下此时会体现怎样的才能和内心的品德。

4. 肤色、语言、文化不同时，人们会感受到异样，即因为感到和自己不同，就会觉得陌生和不舒服，有时还会担心自己的领域遭到侵犯并感到害怕。所以为摆脱这一消极的感情，便断定是对方的错，将对方排斥在外。可是，这样的态度对文化发展没有任何帮助，文化越多样才能越丰富，只有这样才能创造新的文化，在与其他国家的文化相比较的时候，才能创造出更具竞争力的文化。因此尊重并接受文化的多样性，我们的文化才能得到进一步的发展，人们的生活才能变得更加丰富。

III. 研究米开朗基罗

1. 美第奇家族凭借高利贷赚了一大笔钱，但这件事情并不光彩，而且他们认为死后可能会去地狱，所以认为有必要改变自己的形象，即想要神圣地美化自己并得到神的祝福。所以他们赞助很多艺术家，让他们修建、装扮教堂，并鼓励学问的发展。即美第奇家族为了提升自己的荣誉而赞助艺术家和文学家。

2. 《圣母怜子图》雕刻了怀抱着死去的耶稣的圣母玛利亚。雕塑虽然是由坚硬冰冷的大理石雕刻而成的，但非常写实、柔和、优雅。《大卫》没有表现出大卫战胜歌利亚之后光荣的样子，而是将战斗之前的紧张通过一块块的肌肉表现得淋漓尽致。两个雕像都将人物所处的环境和感情表现得栩栩如生，更加提高了米开朗基罗的名声。

3. 因为米开朗基罗是雕塑家，所以几乎没有绘画经验。加上当时的壁画采用湿绘壁画法，这是一项非常艰巨的工作，需要在涂到墙上的灰浆变干之前快速完成绘画涂色。所以米开朗基罗刚开始因为经验不足，导致画上出现霉点，又因为是在天花板上作画，所以很难确定人物的大小。但米开朗基罗没有就此放弃，而是集中精力不断研究、修改，不断提高自己的实力，渐渐画出完整的画，最终完成了美术史上的杰作"西斯廷教堂"。

4. 不仅是文艺复兴时期的艺术家，大部分艺术家都有自己的专业领域。绘画、雕塑、建筑等各个领域都有自己特定的技术或表现方法。但米开朗基罗几乎在艺术的所有领域都留下了很多杰作。他之所以能够成为空前绝后的艺术家，秘诀在于他有不厌恶、不放弃的韧劲，有高度的专注力和忍耐力以及追求新意的内心等。

5. 同意：要想创造出伟大的艺术作品，必须全心全意地投入工作，没有时间和别人亲切相处。而且要创作属于自己的独特的作品，就不能听别人的意见，因为那有可能导致作品变得平凡。所以我认为米开朗基罗的古怪性格对于他成为伟大的艺术家有一定的帮助。

不同意：工作和与人结交、友好相处没有矛盾。即使因为工作经常见不到别人，见面的时候也可以亲切对待并尊重对方，因为这是人性，与才能没有关系。所以我不同意是米开朗基罗的性格帮助他完成了出色的艺术品。不能因为米开朗基罗的作品优秀，就认可其古怪的性格。